봉하노을의
절명 1

故 노무현 대통령의 생애 마지막 하룻밤

봉하노을의 절명 1

서주원 실록정치소설

평사리
Common Life Books

봉하로 간 사람 1

1쇄 펴낸날 | 2019년 5월 18일

지은이 | 서주원

펴낸이 | 홍석근
편   집 | 이범수
디자인 | 랄랄라디자인

펴낸곳 | 도서출판 평사리 Common Life Books
출판신고 | 제313-2004-172 (2004년 7월 1일)
주 소 | 경기도 고양시 덕양구 중앙로558번길 16-16, 710호
전 화 | 02-706-1970 팩 스 | 02-706-1971
전자우편 | commonlifebooks@gmail.com

서주원 ⓒ 2019
ISBN 979-11-6023-247-9 (04810)
ISBN 979-11-6023-246-2 (세트)

눈 먼
부엉이가

운다

해가 중천에 걸린 대낮의 세상과 달이 뜬 어둑한 밤의 세계를 분간하지 못하면, 어찌 만물의 영장이라 할 수 있으랴.

인간이 미물로 여기는 부엉이는 그럴 수 있다. 촛불만큼만 빛이 망막에 드리워도 부엉이 눈은 구실을 못한다.

야행성인 부엉이는 커다란 눈을 가졌다. 시력도 좋다. 칠흑 같은 어둠에도 멀리 떨어진 물체를 가늠해낸다. 그렇지만 촛불 하나 만큼이면 눈이 부신다.

부엉이의 두 눈은 얼굴 정면에 박혀 있다. 눈꺼풀은 세 개나 된다. 깜박이고 잠자고 심지어 눈을 씻는 데도 눈꺼풀을 쓴다. 하지만 정작 눈동자는 움직이지 못한다. 부엉이는 고개를 이쪽 저쪽으로 움직여 세상을 봐야 한다. 고개를 바삐 갸웃갸웃하거나 위아래로 훑는 이유다. 붙박이 눈이 초점을 찾아 맞추려는 발버둥이다. 수리부엉이는 몸을 움직이지 않고 고개를 돌릴 수 있는 각도가 무려 270도라고 한다.

부엉이의 시각이 이리된 것은 진화의 결과물이겠지만 누구는 신의 저주일지 모른다고 한다.

혹시 신이 부엉이에게 세상을 똑바로 보되 직선이 아닌 부드러운 곡선도, 길미가 아닌 누도 잘 보라고 노란 테가 둘린 고리눈을 둘씩이나 선사한 것일까. 이 가정이라면, 부엉이는 제게 주어진 하늘의 소명을 다해야 마땅하다. 그런데 소명을 망각한 채, 자신과 처자식 그리고 제 둥지와 제 무리만 살피는 데 일생을 보낸다면 어떤 일이 벌어질까. 아마도 화가 난 산신령이 부엉이에게 저주를 내릴 수도 있지 않을까.

아무튼 고개를 끊임없이 움직여 생존하는 부엉이. 어느 날 갑자기 불행이 찾아와 눈이 멀게 된다면, 그 심정이 어떨까. 다행히 부엉이의 청각은 뛰어나다. 먹잇감의 위치를 정확하게 셈해내는 능력도 탁월하다. 그렇지만 인간이나 동물이나 타고난 저마다의 시력을 잃는다는 것은 고통 중의 고통이리라.

황혼 무렵, 나래를 활짝 펴 훨훨 날아오를 때야말로 살맛이 날 부엉이. 어둠이 짙을수록 더욱 삶의 희열을 느낄 부엉이가 오랫동안 터를 잡고 살아온 바위산이 경상남도 김해시 진영읍

본산리의 봉하마을에도 있다. 부엉이바위다. 이 땅의 사람들이
어둠의 제왕이라 부르는 수리부엉이도 분명 이 바위에서 오랫
동안 터를 잡고 살았을 것이다.

◑◐

봉하마을 부엉이바위 가까이에 대한민국 제16대 대통령을
지낸 '봉하노송(烽下老松)'이 거주하고 있다. 거처는 대통령 임
기를 마치고 돌아온 다음 달에 완공됐다. 일명 '지붕 낮은 집'으
로 불린다. 그를 '봉하마을의 늙은 소나무'로 부르는 것은 '봉하
마을이 낳은, 이 나라의 거물이자 거목'이라 여겨서이리라.

2008년 2월 25일, 참여정부 다섯 해의 임기를 마친 봉하노송
은 서울의 북악산 밑 청와대에서 걸어나와 부엉이바위가 있는
봉하마을로 낙향했다. 여생을 생가 터와 탯자리가 있는 고향에
서 보내려는 것이다.

그의 나이는 예순넷. 개띠 해인 1946년 음력 8월 6일, 봉하마
을에서 태어났다.

그의 아내인 '봉하부인(烽下夫人)'의 탯자리는 봉하마을에 없
다. 경상남도 마산시 진전면에 그미의 태가 묻혀 있다. 그미는
초등학교 5학년에 봉하마을로 이사 왔다. 당시 봉하노송은 중

학교 1학년이었다. 그미의 나이는 예순셋으로 봉하노송보다 한 살 아래지만 초중고 시절의 학년은 두 해 차가 난다.

그미의 아버지는 사고로 눈이 멀게 된 시각장애인이었다. 한국전쟁 당시 인민군에 협력했다는 혐의로 전쟁이 끝나고 구속됐다. 석방과 수감생활을 거듭하다 세 딸과 막내로 아들 하나를 남긴 채 감옥에서 생을 마감했다. 그미 즉, 봉하부인은 둘째 딸이다.

봉하노송은 광주 노씨의 후예다. 일제강점기에 일본과 중국을 오고 가며 타이어 매매업을 한 적 있는 아버지와 진영읍 용성마을에서 한의원을 운영하던 집안을 친정으로 둔 어머니 슬하에서 3남 2녀 중 막내로 태어났다.

시쳇말로 똥줄이 찢어지게 가난한 집안 출신이다. 태생은 시골내기였지만, 봉하노송은 그저 평범한 노송이 아니었다. 한때 청와대에 우뚝 서서 전국 방방곡곡 수많은 노송들을 굽어보던 으뜸 노송이었다.

그뿐이랴. 북한은 물론이고 나라 밖 각국의 수많은 으뜸 노송들과 어깨를 나란히 하며 대한민국을 대표했던 거목이다.

봉하노송과 봉하부인은 슬하에 1남 1녀를 두었다. 아들 호걸은 맏이로 1973년생이다. 딸 호연은 두 살 터울인 1975년생이다.

2009년 5월 22일 금요일 현재, 호걸은 봉하노송의 사저에 머물고 있다. 미국에서 체류하다 한국에 들어온 것은 지난달 11일이다. 다음 날 대검찰청 중앙수사부에서 참고인 자격으로 조사를 받았다. 검찰은 그에게 P실업 박차대 회장과 연루된 흔적을 추궁했다. 그는 이후에도 몇 차례 더 검찰에 소환됐다.

저녁 무렵, 호걸은 호미를 들고 사저 앞 정원의 잡초를 뽑기 시작했다. 얼마 안 돼서 봉하노송이 호걸을 향해 터벅터벅 걸어왔다. 봉하노송의 손에도 호미가 들려 있다.

"힘 안드나?"

"예, 아버지, 괜찮습니다."

쪼그려 호미질하던 호걸이 봉하노송을 일어서며 맞았다. 봉하노송도 허리를 굽히고 익숙한 솜씨로 잡초를 잡아갔다.

"네 엄마가 발을 수술한 뒤로 걷는 게 힘들어 보이더라. 그러니 저녁 먹기 전에 우리 둘이서 뒤뜰까지 잡초를 뽑아보제이!"

봉하부인은 지난 겨울, 발 수술을 받았다. 뒤로 그미의 걸음걸이는 매우 불편했다. 집안 일 가운데 힘이 드는 일은 봉하노송이 거들었다.

"저기 아버지, 잡초를 다 뽑구요. 어머니랑 맥주 한 잔 하기로 했는데, 아버지도 한 잔만 하고 주무시죠."

호걸의 제안에 봉하노송은 바로 대꾸하지 않았다. 잠시 뒤,

봉하노송은 그러마고 했다.

열심히 잡초를 뽑고 있는 호걸의 등을 훔치며, 봉하노송은 간간히 오월 하순의 황혼이 내려앉고 있는 부엉이바위를 바라보았다.

'누가 나를 황천길로 내모는 것인가?'

요새 봉하노송이 대문 밖에 와 있는 것 같은 저승길을 어림해 보면서 수도 없이 던져 본 물음이다. 부지불식간에 일어난 가정사로 말미암아 불명예를 등에 지고 저승길에 오른다는 걸 도저히 용납할 수 없다. 그래서 시도 때도 없이 울분을 곱씹으며 자문을 계속하는 것이다.

누가 봉하노송을 황천길로 내몰고 있을까. 물론 봉하노송이 스스로 내놓은 답은 간단했다. 그러나 심증만 있을 뿐 물증이 없다. 설령 확연한 물증이 있다한들 조치를 강구할 여력도 없는 신세다.

갑자기 지난달 하순, 지인 K가 전했던 말이 뇌리를 때린다.

'무림처사가 누굴까? 적어도 한 달 안에 내가 자살할 수밖에 없을 것이라고 공개적으로 예언했다는데. 무슨 근거란 말인가?' 무림처사는 조그만 신문사의 대표라고 했다. 이런 귀띔에 봉하노송은 하도 어이가 없어 쓸쓸하게 웃어넘겼다. 참 이상하게도 이후에 벌어진 일들이 결코 예사롭지 않았다.

그렇다. 핏기 없는 고독이 봉하노송의 벙어리 냉가슴에다 상념의 잡초를 심어 놓은 지 오래다. 이 잡초들이 하루하루 무성해지더니 병들어 고사 직전인 늙은 소나무 한 그루를 밑동부터 타고 오른 지도 벌써 여러 달이 지났다.

봉하부인의 처지도 크게 다르지 않을 것이라고 봉하노송은 짐작했다. 그미도 검찰에 전격 소환돼 조사를 받은 바 있다. 언제 다시 또 검찰에 소환될지 모르는 상황이다.

"노송님, 외람된 말씀 한마디 올리겠습니다. 다름이 아니고요, 봉하부인을 예의 주시하셔야 될 것 같습니다. 제가 보기엔 부인께서 삶을 등질 가능성이 매우 큽니다. 노송님이야 워낙 강하신 분이라 걱정이 없는데, 부인은 걱정됩니다. 정말 죄송합니다."

지난달 하순, 무림처사의 예언을 전했던 지인 K는 어렵게 입을 열더니 봉하노송에게 이런 군걱정도 전했다. 말을 듣는 순간 도저히 감정을 억제할 수 없어 얼굴이 일그러졌다. 그러나 시간이 흐르면서 봉하노송은 생각이 조금씩 달라졌다. 봉하부인의 언행을 지켜보며 기우로 그칠 일이 아니라는 생각이 들었다.

봉하노송이 대검찰청 중앙수사부에 출두하던 지난달 30일, 봉하부인은 눈물로 그를 배웅했다.

"호걸이 아버지! 저 때문에 이런 일이 벌어졌습니더! 흐으윽……."

봉하부인은 서울로 상경하기 위해 사저를 나서는 봉하노송의 앞가슴에 머리를 묻고 이렇게 울먹였다.

"걱정마라. 이 또한 금방 지나갈끼다."

울부짖는 봉하부인을 힘겹게 떼어 놓고 현관문을 나서자 내실에서 그미의 울음보가 터졌다.

"우짜면 좋습니꺼? 호걸이 아버지! 흐으윽!……."

아흐레 전의 일이다. 피딱지가 엉겨 붙어 괴로워하는 봉하부인의 가슴에 왕소금을 뿌리는 일이 또 한 가지 발생했다.

지난 13일, SBS는 '8시뉴스'를 통해 '봉하부인이 봉하노송의 회갑 선물로 받은 1억 원짜리 명품 시계 두 개를 논두렁에 버렸다'고 보도했다. '단독보도'라며 대검찰청에서 봉하노송이 그렇게 진술했다고 덧붙였다. P실업 박차대 회장으로부터 받은 시계는 남성용 한 개와 여성용 한 개로, 받은 시기는 2006년이라고 했다. 그러면서 봉하부인은 이 시계를 봉하노송 몰래 보관해 오다 박 회장에 대한 검찰 수사가 시작되자 봉하마을 논두렁에 버렸다고 보도했다.

SBS의 보도는 전직 대통령인 봉하노송을 일개 잡범 수준의 범죄자로 전락시키는 신호탄이었다.

SBS의 보도 이후, 언론의 융단폭격이 시작됐다. 애꾸눈이 된 것은 보수 언론이나 진보 언론이나 다를 바 없었다. 오랫동안 굶주린 하이에나처럼 달려들었다.

비분강개한 것은 비단 봉하노송과 봉하부인만이 아니다. 사저에서 봉하노송을 보좌하던 참모진도 마찬가지였다. 대표적인 참모가 '남정청송(南井靑松)'이다.

남정청송은 봉하노송의 참여정부 시절, 청와대 비서실장을 지낸 인물이다. 그를 남정청송이라 부르는 것은 우선 고향이 경상남도 거제시 거제면 남정마을이고, 봉하노송보다 나이가 젊은 데다 정치적 미래가 열려 있어서다.

그는 1952년 거제에서 태어났지만 부모님의 고향은 함경남도 흥남시다. 그의 부모님은 한국전쟁 때인 1950년 12월, 흥남 부두에서 철수하는 군함을 타고 월남했다. 아무런 준비도 없이 남쪽의 낯선 땅으로 내려와 피난살이를 한다는 것은 고달픈 일이었으리라.

부모님은 거제도의 한 시골집 단칸방에 세 들어 살면서 남정청송을 낳았다. 출산일이 다가오자 부모님은 임시 거처를 구했다. 셋집의 안주인도 임신한 탓이었다. 한 지붕 아래서 두 사람이 같은 무렵에 아이를 낳으면 안 된다는 속설을 믿던 시절이었다.

남정청송의 아버지는 거제도 포로수용소에서도 힘든 일을 했다. 어머니는 거제도에서 값싸게 사들인 날달걀을 머리에 이고 부산으로 건너가 팔기도 했다. 부산으로 행상을 나갈 때도 어머니는 젖내기인 남정청송을 등에 업고 다녔다. 힘들게 피난살이를 하던 부모님은 남정청송이 초등학교에 입학하기 전 부산시 영도로 이사했다. 이 때문에 남정청송의 탯자리가 있는 곳은 거제 남정마을이지만 동심의 추억은 부산시 영도에 더 많이 남아 있다.

남정청송은 부산에 있는 남항초등학교, 경남중학교, 경남고등학교를 차례로 졸업한 뒤, 경희대 법대에 진학했다. 1980년 제22회 사법시험에 합격한 뒤, 변호사인 봉하노송과 함께 합동법률사무소를 차렸다. 1982년의 일이다. 2002년엔 봉하노송 대통령 후보의 부산선거대책본부장을 맡았고 참여정부에서는 청와대 민정수석, 청와대 시민사회수석, 청와대 비서실장 등을 잇따라 지냈다.

1982년 8월, 남정청송은 사법연수원을 수료했다. 수료식에서 법무부장관상을 받았다. 사법연수원의 성적이 차석이었다. 그 시절엔 사법고시 합격자 수가 그리 많지 않았다. 해서 사법연수원을 수료하면 웬만하면 판사나 검사로 임용되었다. 그런데도 그는 판사도, 검사도 되지 못했다. 학창 시절인 1975년, 유신에 반대하는 학생운동에 참여해 구속된 전력 탓이다.

'유신(維新)'은 낡은 제도를 고쳐 새롭게 한다는 뜻이다. 대통령 박정희는 남북 분단의 현실과 국제 사회의 변화에 능동적으로 대처한다는 명분 아래, 대통령의 권한을 거의 무한대로 강화하고 국민의 기본권을 필요 이상으로 제한하는 제도를 만들었다. 1972년 10월 17일 선포된 유신헌법은 대통령 박정희가 장기집권을 목적으로 단행한 초헌법적 비상조치였다.

이런 유신에 반대하다 구속된 전력 때문에 남정청송은 판·검사 임용을 받지 못하고 변호사의 길을 택했다. 좋은 조건을 제시한 잘나가는 법률사무소의 스카우트 제의를 거절하고 부산으로 향했다. 부산에 살고 계시는 어머니를 모시려는 목적도 있었다.

당시 부산엔 판사를 거쳐 변호사 개업을 한 봉하노송이 활동하고 있었다. 봉하노송은 다른 변호사들과 함께 'GY합동법률사무소'라는 동업 사무소를 1979년부터 얼추 2년간 운영한 적이 있다. 인연이 닿아 어렵사리 만난 봉하노송과 남정청송은 "깨끗한 변호사를 해보자"고 의기투합해 '변호사 봉하노송·남정청송 합동법률사무소'를 열었다.

봉하노송은 남정청송보다 여섯 살이 많다. 사법시험은 봉하노송이 남정청송보다 다섯 해 먼저 합격했다. 그러나 봉하노송은 남정청송을 친구로 대했고, 남정청송은 봉하노송을 때론 선배처럼, 때론 친구처럼 대했다.

1982년 운명적으로 만나 올해까지 27년간 아름다운 인연을 이어온 두 사람. 신뢰와 존중이 없다면 결코 있을 수 없는, 동업 변호사의 관계를 뛰어넘어 인권변호사의 길까지 함께 걸어온 정치적 동지다.

"청송, 이 일을 어쩌면 좋겠소?"

최근 봉하마을 사저의 서재에서 봉하노송이 남정청송에게 물었던 말이다. SBS가 단독보도라며 '논두렁 시계 사건'을 터뜨린 후, 언론의 융단폭격으로 잡범 수준의 범죄자로 몰린 봉하노송이 "대책이 없겠냐"고 물은 것이다.

경상남도 양산시에 거주하고 있는 남정청송은 승용차를 타고 봉하마을로 건너오면서 '논두렁 시계 사건'에 어떻게 대응하면 좋을지 생각을 거듭했다.

"제가 나서서 대처할테니 노송님은 조용히 지켜보십시오."

봉하노송은 입을 앙다물고 남정청송을 물끄러미 바라보았다. 그러면서 눈만 끔벅거렸다. 어떻게 대처할 계획이냐고 묻는 것 같았다.

"노송님은 대검찰청에서 논두렁 시계를 언급한 적 없습니다. 그런데 지금 검찰이 교활하게 언론 플레이를 하고 있는 겁니다. 사건의 본질과는 아무런 상관이 없는 일로 노송님을 망신시키고 있습니다. 이건 아주 비열한 짓입니다. 이 사실을 언론에 알리고……."

울분에 찬 눈빛으로 단호하게 이어가는 남정청송의 각오를 귀담아 들으며 봉하노송은 눈을 감았다.

'청송도 이제 그만 나를 버리셔야 되오! 그래야 청송도 여생이 힘들지 않을 것이오! 청송, 내가 누누이 말하지 않았소. 더 이상 나란 사람은 님들이 추구하는 가치의 상징이 될 수 없다고! 이미 난 민주주의니, 진보니, 정의니, 뭐 이런 말을 할 자격을 잃어버렸소! 진작 수렁에 빠져버린 나를 청송도 이젠 버리셔야 되오!'

봉하노송은 마음에 가득 고여 있는 속말을 이렇게 꺼내 마주 앉아 있는 남정청송에게 전하고 싶었다. 그러나 이 말을 차마 면전에서 꺼낼 수가 없었다.

남정청송도 익히 잘 알고 있는 내용이다. 한 달 전인 지난달 22일, 봉하노송은 '사람 사는 세상'에 '이제 저를 버리십시오!'라는 제목으로 글을 올린 적 있다.

"저는 이미 헤어날 수 없는 수렁에 빠져 있습니다. 여러분은 이 수렁에 빠져서는 안 됩니다.

여러분은 저를 버리셔야 합니다. 적어도 한발 물러서서 새로운 관점으로 저를 평가해보는 지혜가 필요합니다.

이제 사람 사는 세상은 문을 닫는 것이 좋겠습니다."

봉하노송의 개인 누리집인 '사람 사는 세상'은 지난 1999년 8

월 15일 첫선을 보였다. 당시 그는 국회의원 신분이었다. 2003년 대통령 취임 직전까지 이 누리집을 운영했다. 그 뒤 한 차례 문을 닫았다. 그러다 대통령 퇴임 직후인 지난해 2월, 다시 누리집의 문을 열었다.

대통령 퇴임 후 낙향한 봉하노송은 이 누리집을 통해 세상 사람들과 소통했다. 때론 정치도 논했다. 그러던 차에 이른바 박차대 게이트가 불거졌다. 봉하노송은 뇌물수수 혐의를 받았다. 그는 괴로운 심정을 이 누리집에서 토로했다. 하지만 이도 오래 가지 못했다.

지난 4월 21일, 유정상 전 청와대 총무비서관이 구속되었다. 청와대 공금인 특수활동비를 12억 5천만 원 횡령한 혐의를 받았다. 검찰 조사 과정에서 유정상은 이 돈을 봉하노송의 퇴임 뒤를 대비해 마련했지만 봉하노송에게 이런 사실을 보고하지 않았다고 주장했다.

유정상은 '봉하노송의 남자'로 통하는 인물이다. 봉하노송과 서로 말을 터놓고 지내 온 40년 지기 죽마고우다. 고향도 같고, 나이도 동갑인 두 사람은 김해시에 있는 '장유암'이라는 암자에서 고시 공부를 함께한 사이였다.

대통령과 청와대 총무비서관의 관계는 막역할 수밖에 없다. 작은 회사로 따져본다면 대통령은 회사의 사장이고, 총무비서관은 회사의 경리과장인 셈이다. 회사의 경리과장이 맡는 가장 중요한 업무는 돈을 다루는 일이다. 최측근으로 통하는 유정상이 구속된 다음 날, 봉하노송은 '사람 사는 세상'에 '이제 저를 버리십시오!'라는 글을 올렸던 것이다.

ⓞ.ⓞ

봉하노송의 뒤를 이은 대한민국 제17대 대통령을 어떤 사람은 '메이히로'라고 불렀다. 1941년 12월 19일생인 메이히로는 일본 오사카에서 태어났다. 그는 초중고를 모두 경상북도 포항시에서 나왔다.

2007년 12월 28일, 퇴임을 두 달 앞둔 봉하노송은 청와대에서 메이히로를 만났다. 메이히로는 아흐레 전인 그해 12월 19일에 치러진 제17대 대통령 선거에서 승리한 당선자 신분이었다.

"진심으로 축하드립니다."

봉하노송은 청와대를 방문한 메이히로를 반갑게 맞았다.

"대통령님, 고맙습니다."

"대선을 치르시느라고 많은 고생을 하셨을텐데, 건강은 괜찮으십니까?"

"덕분에 참 좋습니다. 대통령님도 건강은 괜찮으시죠?"

"네, 덕분에 건강하게 잘 지내고 있습니다."

두 달 뒤, 청와대를 떠날 봉하노송의 언행은 차분했다. 이에 반해 메이히로의 태도는 다소 기고만장했다. 마치 개선장군 같았다.

"당선자님, 잘 알고 계시겠지만 저희는 인수인계 준비에 만전을 기하고 있습니다. 새로운 정권이 순탄하게 출범할 수 있도록 최선을 다해 협력하겠습니다."

"감사합니다. 한 가지 약속드리자면 전직 대통령을 예우하는 문화 하나만큼은 전통을 확실하게 세우겠습니다."

임기 말년의 현직 대통령인 봉하노송과 후임인 메이히로 대통령 당선자의 회동은 그렇게 화기애애하게 이루어졌다. 그날 메이히로 당선자가 청와대를 떠난 뒤, 봉하노송의 마음 한 구석엔 왠지 모를 찜찜함이 남았다.

'전직 대통령을 예우하는 문화 하나만큼은 전통을 확실하게 세우겠습니다.'

메이히로가 남긴 바로 이 말 때문인 듯했다. 어떤 복선을 깔고 한 말인지 대강이라도 짐작할 수 있다면 좋으련만 봉하노송은 저의를 헤아릴 수가 없었다. 그래서 마음이 썩 개운치 않았다.

그런 뒤로 16개월 정도 지났다. 지난달 초순, 유정상이 검찰에 긴급 체포됐다. 메이히로 정권이 봉하노송의 마지막 숨통을 조이려는 의도로 읽혔다. 봉하노송은 자책했다.

'내가 부엉이셈을 했단 말인가? 전직 대통령을 예우하는 문화 하나만큼은 전통을 확실하게 세우겠다는 메이히로의 그 말을 내가 쥐꼬리만큼이라도 믿었다면 그건 부엉이셈이……'

부엉이는 수를 셀 때 반드시 짝으로 센다고 한다. 하나가 없어지는 것은 알아도 짝으로 없어지는 것은 모른다고 알려져 있다. 해서 세상물정에 몹시 어두운 사람의 셈법을 부엉이셈에 비유한다.

봉하노송이 인권변호사 출신의 정치인이라는 이름표를 단 이후, 메이히로와 선거판에서 붙어 생사겨루기를 딱 한 차례 한 적 있었다. 1996년 제15대 총선이었다. '대한민국의 정치1번지'라는 서울시 종로구에서 각자 정치생명을 건 피 말리는 한판승부였다.

당시 대통령은 '대계거송(大鷄巨松)'. 제14대 대통령인 대계거송은 경상남도 거제시 장목면 외포리 대계마을 출신이다. 그는 봉하노송을 정치판에 끌어들였다. 이후 봉하노송의 정치적 스승으로 통했다.

대계거송에 이어 제15대 대통령을 지낸 인물은 '후광거송(後

廣巨松)'. 그는 전라남도 신안군 하의도의 후광마을 출신이다.

1990년 초, 대계거송은 '민주자유당'이라는 깃발 아래 3당 합당을 이끌었다. 그러면서 "호랑이를 잡기 위해 호랑이 굴로 들어간다"고 큰소리쳤다. 봉하노송은 3당 합당을 '밀실야합'이라고 판단했다. 그는 대계거송과 결별한 뒤 후광거송의 우산으로 들어갔다.

제15대 총선은 1996년 4월 11일 치러졌다. 이때 봉하노송과 메이히로는 서울시 종로구에 출사표를 던졌다. 경쟁자는 한 명이 더 있었다. 당시 4선의 현역 국회의원으로 종로가 자신의 정치적 텃밭인 이경복 의원이었다. 그는 후광거송이 이끌던 새정치국민회의 후보였다. 봉하노송과 이경복 의원은 같은 야권이었다. 그런데도 두 사람이 함께 출마한 것은 각자의 소속 정당인 통합민주당과 새정치국민회의가 야권 단일화에 실패한 탓이었다.

H건설 사장 출신인 메이히로. 그에겐 '영원한 왕회장님!'으로 모셔 온 거상(巨商)이 있었다. H그룹 정다산 회장이다.

1992년 1월, 정다산 회장은 통일국민당을 창당하고 대선 출마를 선언했다. 메이히로는 자신이 30년 동안 H그룹에서 모셨던 정다산 회장 캠프에 가지 않았다. 여당인 민주자유당으로 들어갔다. 민주자유당은 신한국당의 전신이다.

메이히로가 왜 그랬던 것일까. 일설에 의하면, 자신의 재산을 지키기 위함이었다고 한다.

1992년 초, 당시 대통령은 '용진잡송(龍進雜松)'이었다. 용진잡송은 대구시 팔공산 자락의 용진마을에서 태어났다. 임기 말의 용진잡송 정권은 메이히로의 상당한 차명재산을 파악하고 있었다. 3당 합당 시 합의한 꼼수대로 정권을 대계거송에게 넘기기 위해 정다산 회장의 황색돌풍을 어떻게든 잠재우려고 애썼다. 해서 정다산 회장과 메이히로의 연결고리를 끊으려고 용을 썼던 것이다.

전해 오는 얘기에 따르면, 용진잡송 정권은 메이히로에게 다른 사람의 명의로 된 차명재산을 빼앗아 버리겠다고 으름장을 놓았다고 한다. 그러면서 "감옥에 갈래? 아니면 협조하고 전국구 국회의원 감투를 쓸래?"라고 압박했다는 것이다.

어쨌든 메이히로는 정다산 회장을 배신했다. 덕분에 숨겨 놓았을 재산은 지켰다. 덤으로 전국구 국회의원이라는 감투도 얻었다.

당시 메이히로 입장에서는 30년 동안 상전으로 모셔 온 정다산 회장을 배신하는 게 유일한 살길이었다. 그렇게 재산도 지켰고 감투도 썼다. 이만하면 꿩 먹고 알 먹고 둥지를 털어 불까지 땐 희대의 장사치가 아니고 무엇이겠는가.

여하튼 메이히로는 H건설 사장에서 물러나던 해인 1992년 정계에 입문했다. 그해 민주자유당의 전국구 국회의원이 됐다. 덕분에 1996년 제15대 총선에 출사표를 던질 당시, 그는 여당인 신한국당의 전국구 국회의원 신분이었다. 게다가 호주머니는 두둑했고, 곳간엔 흡사 부엉이 곳간처럼 없는 것이 없었다.

반면 경쟁자인 봉하노송의 호주머니나 곳간 사정은 말이 아니었다. 1992년 제14대 총선과 1995년 지방선거에서 낙선한 터라 호주머니를 툭툭 털어도 먼지만 날렸다. 소속 정당인 통합민주당의 세력이 약하니 종로대전에 함께 나설 정치적 동지도 턱없이 부족했다. 단지 그에게는 '청문회 스타'라는 전국적인 명성만 있었다. 한마디로 맨땅에 머리를 박는 격이었다.

종로구는 수도 서울의 한복판에 있는 '대한민국의 정치 1번지'다. 그래서 정치적인 상징성이 상당하다. 이 때문에 대통령이나 서울시장에 도전하려는 중견 정치인들이 종로구를 기웃거린다. 1996년 총선 때는 참 이상한 일이 벌어졌다. 봉하노송은 물론이고 메이히로 역시 정치 분야의 최종 경력은 초선 국회의원이었다. 그런데도 이 두 사람은 종로로 나섰다. 훗날 두 사람이 종로에 있는 청와대에 차례로 입성할 줄 누가 알았으랴.

아무튼 그 무렵, 봉하노송은 3당 합당을 반대하며 정치적 스승이자 후원자였던 대계거송을 따라가지 않은 대가를 혹독하게 치르던 중이었다. 부산에서 도전한 두 차례 선거에서 잇따라 고배를 마신 것으로 끝나지 않았다. 부산에서 서울로 올라와 출마했다. 모험이었다. 결과는 참담했다.

봉하노송은 이 총선에서 득표율 10퍼센트대의 지지를 받았다. 출마했던 선거에서 가장 낮은 득표율이었다. 감당하기 힘든 큰 충격이었다. 낙선 뒤 주변의 지인들에게 "정치를 이제 안 할 것"이라고 선언했다는 소문도 돌았다.

혹자는 1996년 낙선 후, 봉하노송의 정치 스타일이 약간 바뀌었다고 전한다. 이상보다는 현실을 직시하는 정치인으로 바뀌었다는 것이다.

그는 정치 낭인 신세를 면치 못하면서도 '3김 청산'과 '지역구도 타파'라는 자신의 정치적 명분을 줄기차게 밀고 나갔다. 하지만 서울과 부산의 유권자들은 그를 선택하지 않았다. 이후 그의 정치관이 조금 변한 모양이었다.

어찌 됐든 그 시절, 메이히로의 정치 행보는 이상야릇했다. 봉하노송은 명분과 편견 사이에서 고민하며 원칙과 신념을 지키려고 노력했다. 한데 메이히로는 한 번 정치적 목표가 정해지면 수단과 방법을 가리지 않고, 공사판의 불도저같이 밀어붙였다. 피도 눈물도 없고, 정의와 양심은 내팽개친 희대의 모리배처럼 보였다.

1996년 4월의 봄날 역시 여느 해처럼 화사했다. 엄동설한을 건너온 봄이 꽃바람을 휘날리며 펼치는 향연은 장관이었다. 갖가지 꽃 흐드러지니 꽃밭엔 나비를 따라 온 벌들도 모여들었다. 꽃비를 흠뻑 맞던 나비가 청산으로 날아갈 요량인 듯 잠시 접었던 날개를 펴고 허공으로 날아올랐다. 그러자 벌도 나비를 따라 청산에 가려는 듯 서둘러 길을 나섰다.

그러나 봉하노송에게는 화창한 봄날인데도 자신이 걸었던 꽃길은 황무지의 가파른 비탈길이었다. 종로대전에서 참패한 탓이었다.

봉하노송이 당시 여권의 메이히로와 야권의 이경복 의원을 상대로 펼쳤던 제15대 총선을 종로대전이라 부르는 것은 그 선거가 갖는 의미가 컸기 때문이다. 늘 그랬지만 제15대 총선도 서울시 종로구의 선거구는 최대 격전지였다.

4선 관록의 이경복 의원은 대선 후보까지 꿈꿨던 인물이었다. 종로의 터줏대감인 그에겐 제15대 총선은 정치생명이 걸린 선거였다. 절박했다.

제15대 총선 1년 전, 서울시장 출마를 시도한 바 있던 메이히로의 입장도 절박했다. 여당이었던 신한국당의 서울 탈환이라는 과제를 최전선에서 수행하는 부담도 안고 있었다.

4년 전 총선에서 한 차례 낙마했고, 1년 전 지방선거에서도 낙선한 통합민주당 최고위원인 봉하노송의 입장도 마찬가지였다. 그 역시 벼랑 끝에서 정치생명을 걸고 건곤일척의 한판승부를 펼쳤다. 이 단판걸이 승부에서 봉하노송은 이경복 의원과 함께 참패를 당했던 것이다.

잔인했던 그해 4월의 어느 날, 봉하노송은 서울 종로의 한 보양탕집에서 정청운을 만났다. 보양탕집 주인인 정청운은 총선 기간 봉하노송을 음으로 양으로 크게 도운 사람이었다. 그는 "오늘은 꼭 좀 드릴 말씀이 있으니 한 10분만 귀담아들어 주시라!"고 신신당부를 했다. 봉하노송이 그 간곡한 요청을 무시할 수 없었던 것은 그에게 진 마음의 빚이 매우 컸기 때문이었다.

"노송님, 광주 노씬 이 시대 최고의 가문인 것 같습니다."

"허어 그래요."

"만약 노송님이 이 다음에 대통령이 되신다면 10만 명도 채 안 된다는 광주 노씨가 두 분의 대통령을 배출하는 셈인데, 옛날 같으면 한 가문에서 두 개의 왕조를 세우는 꼴이죠. 그러니 광주 노씨, 대단한 가문 아닌가요? 당대 최고의 가문 같은데……."

정청운의 말이 황당무계했지만 봉하노송은 덕담으로 받아들였다. 종로대전에서 참패한 자신을 위로하는 말로 들렸기 때문이다.

"정 사장님, 고맙습니다만 우선은 제가 아직 대선을 꿈꿀 처지가 아니라는 점 분명히 말씀드리고요. 한 가지 또 바로 잡을 건 제13대 대통령인 용진잡송은 광주 노씨가 아니라 교하 노씹니다."

봉하노송이 꼭 집어서 바로잡으려 하자 정청운의 거침없던 말길이 잠시 막혔다. 막걸리를 몇 잔 더 들고 난 뒤, 이내 정청운의 말길은 거친 강물처럼 터졌다.

"노송님, 최근 저희 음식점에 무림처사란 분이 들렀는데 58년 개띠라고 했으니, 그렇군요. 노송님하곤 띠동갑이군요."

"무림처사요? 뭐 하시는 분이죠?"

"모 신문사 정치부 기자 출신이라던데 자기가 보기엔 노송님이 지금 걷고 있는 길은 청와대로 향하고 있다면서 만약 대통령이 되시면 노송님은 조선시대 식으로 치면 광주 노씨의 후예가 아닌 봉하 노씨의 시조가 되는 것이라고 합디다. 그러면서 노송님의 의지완 상관없이 후손들이 봉하 노씨의 시조로 모실 수도 있다고 하던걸요."

말을 듣고 봉하노송은 매우 난처한 표정을 지었다.

"저도 황당했습니다. 허나 나인 어리지만 기자라는 사람이 그런 말을 할 땐 분명 어떤 의도가 있을 것 같아 물었죠. 그랬더니만 그럽디다. 노송님이 사법시험을 보던 해엔 합격자를 60명밖에 안 뽑아 서울대 출신들도 줄줄이 낙방했다면서요? 그때 노송님은 고졸 출신으로는 유일하게 합격했고, 국회의원도 해봤고, 운이 따르면 대통령도 하실 분이 왜 가끔 학력 콤플렉스를 드러내는지 모르겠다고 아쉬워하던데, 사실 저도 그 점이 늘 불만입니다."

봉하노송은 비위가 상했다. 내색하지 않으려고 애를 썼다. 그 자리에서만큼은 정청운이 '갑', 봉하노송이 '을'이었다.

"노송님, 앞으로는 제발 좀 가방끈이 짧다고 어디 가서 기죽지 마시구요. 기왕 말이 나왔으니, 저도 한 가지 짚고 넘어갑시다. 아까 그러셨죠? 아직 대통령을 꿈꿀 처지가 아니라고. 참으로 깝깝하십니다. 그 말을 제가 순순히 믿을 것 같습니까?"

봉하노송은 가타부타 대답을 내놓지 못했다.

"여러 번 말씀 드려서 노송님은 제가 누군지 잘 알고 계실 텐데요. 그렇습니다. 이 종로 바닥서 엎어지고 자빠지고 뒹굴면서도 죽지 않고 살아남은 장사칩니다. 그러니 천하의 장사치라는 메이히로의 꿍꿍이 속은 아마 노송님 보단 제가 더 잘 알 겁니다."

술기운 탓인지 정청운의 목청은 이미 오를 대로 올라가 있었다.

"노송님은 메이히로의 본관이 어딘지 알고 계시죠?"

봉하노송은 물론 알고 있었다. 대답하지는 않았다.

"메이히로의 본관은 경주라는데, 자기 형들처럼 돌림자를 안

쓰지요. 이유가 하도 궁금해서 무림처사한테 물어봤습니다. 그랬더니 무림처사가 메이히로의 성명을 메모지에 한자로 쓰더니만 명치유신, 그러니깐 메이지유신 할 때의 메이와 이등박문, 다시 말해서 이토히로부미 할 때의 히로를 합해서 작명을 했을 꺼라고 추정하던데, 노송님, 이게 일리가 있는 말일까요?"

봉하노송은 정청운이 무슨 말을 하는지 도통 감을 잡지 못했다.

"노송님, 메이히로를 얕잡아 보면 안 됩니다. 물론 짐작하고 계시겠지만 그 사람의 꿈도 대통령입니다. 사람들이 뭐 노송님과 메이히로 사이를 물과 기름의 관계라 합디다만 제가 보기엔 천적 관겝니다. 노송님이 메이히로한테 잡아먹힐지도 모를 그런 천적 관계!"

자신의 목숨앗이가 메이히로라니, 봉하노송은 기가 찰 노릇이었다. 속마음은 우황 든 소처럼 괴로웠다. 정청운은 아랑곳하지 않은 채 취중 훈수를 멈추지 않았다. 그의 막걸리에 탄 듯한 걸쭉한 쓴소리는 한 시간 넘게 이어졌다.

봉하노송은 정청운이 놓았던 대포마저도 잠자코 귀담아 들었다. 이유는 단 한 가지였다. 며칠 전 끝난 제15대 총선에서 정청운에게 진 무겁디 무거운 마음의 빚 탓이었다. 봉하노송과 정청운의 관계는 목숨앗이인 천적의 관계도 아니고, 물과 기름의 관계도 아니다. 정치후원금인 돈 문제와 표밭을 다지는 과정에서 얽히고설킨 갑과 을의 관계였다.

"노송님, 죄송합니다."

한옥인 영양탕집 대문을 나서며 담배를 입에 무는 봉하노송의 오른쪽 어깨너머로 들려오는 목소리였다. 이민청 특보였다. 이 특보는 영양탕집 주인 정청운의 친구이자 동지였다.

"별말씀을요. 전 이 음식점 삼계탕도 삼계탕이지만 반찬으로 나온 어리굴젓이 참 맛있던데요. 이 특보 덕분에 선거를 치르면서 잃어버렸던 식욕을 오늘 완전히 되찾았습니다."

"노송님, 고맙습니다."

"뭐가 고맙다는 겁니까?"

"노송님이 식사를 하시던 와룡실 밖 마루에 잠시 앉아 있다가 문풍지 사이로 새어 나오는 방안의 대화를 본의 아니게 엿듣게 되었는데요. 글쎄 청운이 저 녀석이 오늘 술기운을 빙자해 귀신 씻나락 까먹는 소릴 한 것 같습니다. 그런데도 꾹꾹 참으시고……. 노송님, 정말 고맙습니다."

"이 특보, 혹시 와룡실 벽 액자의 시를 보신 적 있습니까?"

"액자에 적힌 시가 만해 한용운 시인의 나룻배와 행인이지요?"

"그렇습니다. 나는 나룻배 당신은 행인, 당신은 흙발로 나를 짓밟습니다. 나는 당신을 안고 물을 건너갑니다. 나는 당신을 안으면 깊으나 옅으나 급한 여울이나 건너갑니다. 만일 당신이 아니 오시면 나는 바람을 쐬고 눈비를 맞으며 밤에서 낮까지 당신을 기다리고 있습니다. 당신은 물만 건너면 나를 돌아보지도 않고 가십니다그려. 그러나 당신이 언제든지 오실 줄만은 알아요. 나는 당신을 기다리면서 날마다 날마다 낡아갑니다. 나는 나룻배, 당신은 행인.'

"아니 노송님, 언제 그 시를 다 외우셨습니까?"

"아까 방안에서 식사를 마친 다음, 정 사장님과 마주 앉아 막걸리잔을 주고받으면서 수십 번 읽다보니 자연스럽게 외워지더군요. 정 사장님 등 뒤편에 걸려 있는 벽면의 액자에 그 시가 적혀 있지 않았다면 아마도 저는 이 순간 많은 후회를 하고 있을 겁니다. 이 특보의 친구이고 동지이자 저의 정치적 채권자인 정 사장님한테 작은 말실수라도 했더라면 참 마음이 찜찜할 텐데요. 다행히 나룻배와 행인이라는 시 덕분에 실언을 하지 않아 지금 제 마음은 가뿐하군요. 허허허……."

그날 해질 녘, 봉하노송은 이민청 특보를 따라 사직여행사에 들렀다. 여행사 사무실은 경복궁역 근처에 있는 6층짜리 빌딩의 5층에 있었다. 여행사의 대표인 양 사장 역시 총선 기간에 봉하노송을 많이 도왔다. 그는 여행사 사무실의 한쪽을 봉하노송의 참모들이 이용하도록 배려했다.

"이 특보, 저기 저 북악산 기슭의 청와대 주인이 된다는 것이 그렇게 어려운 일일까요?"

사직여행사 출입문 앞 좁은 공간에서 봉하노송이 담배를 피우면서 말했다. 그의 시선은 창문 너머로 건너다보이는 북악산 기슭의 청와대 지붕으로 향했다.

"임금님도 그렇지만 대통령도 하늘이 내리는 것 아닐까요?"

이 특보의 대답에 봉하노송은 전혀 토를 달지 않았다. 군주는 하늘이 내리기에 아무나 군주가 될 수 없을 것이다. 하지만 불가능에 도전하는 것은 인간의 숙명이다. 하늘이 군주를 세우는 까닭은 오직 군주 한 사람을 위해서만은 아닐 것이다. 나라를 태평하게 하고 백성을 편안하게 하려는 데 있을 것이다. 그런데도 군주를 꿈꾸는 몇몇 잠룡들은 하늘이 자신에게 부여할 막중한 책무를 가볍게 여기는 것 같았다. 봉하노송은 이 특보에게 군주에 대한 몇 가지 소견을 말하고 싶었지만 입을 꾹 닫았다. 대신 큰 창문 너머로 훤하게 보이는 1996년 서울의 봄날을 두루 살펴보았다.

이산저산 꽃이 피니 분명코 봄은 봄이었다. 봄꽃의 화사한 자태에 심술이 난 듯 4월 중순인데도 이따금 늦겨울처럼 찬바람이 오락가락했지만 앞다퉈 피어나는 꽃들의 춘심을 막을 수는 없었다.

청와대 뒷산 북악산 아래 사통팔달의 종로에도 벚꽃들이 한

창 흐드러졌다. 그 화사한 꽃물결 속에선 일본산 사쿠라의 잔물결도 이곳저곳에서 찰랑거릴 성싶었다.

사쿠라는 일본의 나라꽃이다. 그런데 꽃이 무슨 죄가 있으랴. 이 땅의 사람들은 그 꽃을 그다지 달가워하지 않는다. 그러나 어쩌랴. 해마다 봄날이면 이 땅에는 왕벚꽃 사이사이에 끼어 사쿠라도 활짝 피는 것을.

일본인들은 사쿠라가 필 때보다 질 때의 아름다움을 더 강조해 왔다. 그들은 짧디짧은 인생을 뜨겁게 태우다 한줌의 미련도 없이 스스로 불살라 사라지는 사무라이들의 삶에 빗대 사쿠라를 '사무라이의 꽃'으로 여겼다. 그 때문인지 사무라이의 절명이 배어 있는 사쿠라는 태평양전쟁 당시 가미카제 특공대의 주제가에도 쓰였다. 봄바람에 날려 산화하는 사쿠라 애찬가로 조선 땅의 젊은이들까지 선동해서 전쟁터로 끌고 갔던 일제강점기, 메이히로는 사쿠라의 나라 일본에서 태어났다. 그는 1996년 4월 서울 종로에서 정치적 꽃망울을 활짝 터트렸다. 공교롭게도 메이히로가 터트린 정치적 꽃망울은 사쿠라의 속성을 닮은 듯 금세 땅으로 떨어지고 말았다.

그해 초가을, 메이히로의 선거를 도왔던 참모가 폭탄선언을 했다. "메이히로 후보가 총선 당시 전화 홍보 및 각종 행사 비용 등으로 수억 원을 썼고, 그 중 수천만 원가량의 영수증을 가지고 있다"고 폭로했다. 참모의 폭로가 사실로 드러날 경우, 메이히로는 선거법 위반으로 의원직을 잃게 될 상황이었다.

앞서 1996년 봄, 메이히로는 엄지를 추켜올리고 '따봉!'을 외치며 종로를 활보했다. 그리고 이렇게 떠벌였다. "기호 1번 신한국당 후보 메이히로가 낡은 정치를 혼내 줍니다."

근데 정작 혼내 줄 낡은 정치는 메이히로 자신이 저질렀다. 총선 선거캠프에서 일했던 참모가 폭탄선언을 함으로써 메이히로의 낡은 정치가 백일하에 드러났다.

그 뒤로 메이히로의 수습책은 지저분하기 짝이 없었다. 폭탄선언을 한 참모가 해외로 도피했는데, 이를 사주한 사람이 메이히로로 밝혀졌다. 참모는 가족과 함께 외국으로 도망치면서 '닷새 전에 폭로한 내용은 사실이 아닙니다'라는 내용의 자필 편지도 남겼다.

한 달쯤 뒤, 그 참모가 귀국했다. 그가 검찰의 조사를 받고 난 다음, 메이히로는 공직선거법 위반 및 범인도피 혐의로 불구속 기소됐다. 이후 메이히로는 의원직을 상실했다.

이듬해인 1998년 7월 21일, 종로에서는 국회의원 보궐선거가 치러졌다. 봉하노송은 이 보궐선거에 출마해서 당선됐다. 덕분에 1992년 제14대 총선에서 낙마한 지 대략 6년 만에 여의도 국회에 다시 등원하게 됐다.

"후원금을 좀 내고 싶은데, 연간 얼마까지 낼 수 있지요?"

종로 보궐선거 때, 봉하노송의 선거사무실로 걸려온 전화였다.

"죄송하지만 직접 방문하셔서 말씀을 좀 나눠 보실까요?"

며칠 뒤, 전화를 걸었던 사람이 봉하노송의 선거사무실에 찾아왔다. 그는 부산에서 상경했다는 C섬유 강변산 회장이었다. 봉하노송은 반갑게 맞이했다.

"강 회장님, 듣자하니 고향이 전북 부안이시고, 서울에서 사업을 하시다 부산으로 회사를 옮기셨다는데, 그래 제가 마음에 드는 구석이 어디 있다고 부산서 이곳 종로까지 먼 길을 찾아오셨습니까?"

봉하노송은 1988년 정치에 입문한 뒤, 수많은 후원자들을 만났다. 후원자들 앞에서는 늘 을의 신세였다. 그의 처지가 병(丙)이 되고, 정(丁)이 되는 경우도 종종 있었다. 돈과 표 때문에 발생하는 마음의 빚 탓이었다. 강변산 회장의 면전에서도 봉하노송의 말씨는 다소곳했고 말수는 적은 편이었다.

"노송님, 나는 정치하는 사람한테 눈곱만큼도 신세질 일이 없는 사람입니다. 먹고사는 문제는 내가 다 알아서 할 테니 걱정 말고 소신껏 정치를 하세요!"

가벼운 수인사가 끝나자마자 강변산 회장은 대뜸 말을 던졌다. 어떤 정치인이 들어도 기가 죽을 말이었다. 봉하노송 역시 벌써 기가 죽어 '정말 이 사람은 생각대로 말을 하고, 하고 싶은 대로 행동하는 사람인가 보다'고 판단했다. 봉하노송이 느끼기에 강변산 회장은 강퍅해 보였다. 우러러 하늘에도 부끄럽지 않고 굽어 땅에도 부끄럽지 않게 살아가는 사람 같았다.

'이화우 흩날릴 제 울며 잡고 이별한 님, 추풍낙엽에 저도 날 생각는가, 천리에 외로운 꿈만 오락가락 하노라'

한 길 물속도 알기 힘든 인생이라는 강물에 인연의 돌다리를 놓기 시작하던 날, 강변산 회장은 '이화우 흩날릴 제'라는 한시를 읊었다. 낭주골 부안인들이 자랑하는 여류 시인 매창의 한시였다.

☉.☉

"아니 노송님, 무슨 생각을 그토록 오래 하십니까?"

봉하마을 서재에 마주 앉아 있는 남정청송이 이렇게 묻자 봉하노송은 감고 있던 눈을 번쩍 떴다.

"글쎄 제가 이런저런 생각을 좀 하다가 잠시 존 것 같은데요. 그래 아까 우리가 어디까지 얘길 했지요?"

"논두렁 시계 사건 얘기를 하던 중이었는데요. 노송님, 아까 말씀 드린 대로 제가 나서서 언론에 대응해볼 테니, 가만히 지켜보셨으면 합니다."

봉하노송은 담배 한 개비를 꺼내 입에 물었다. 연기를 한 모금 목구멍으로 넘긴 뒤, 메이히로와의 인연을 좀 더 되새김했다.

'내가 메이히로와 틈틈이 교류했던 시기는 2003년부터 2006년까지다. 그 시기에 난 대통령이었고, 그는 서울시장이었다. 메이히로는 서울시장 시절, 청계천 복원 사업과 대중교통 체계 개편 사업을 치적으로 내세웠다. 이 두 가지 사업은 중앙정부의 지원 없이는 불가능했다. 메이히로는 청와대에 협조를 요청했다. 이를 유도봉 정무수석이 내게 보고했다. 해서 청와대 국무회의 때 메이히로가 출석하도록 조치해 국무위원들에게 서울시 사업에 적극 협조하라고 당부했다. 국무회의가 끝난 뒤, 메이히로는 덩실덩실 춤을 췄다고 들었다. 그뿐 아니었다. 메이히로는 청계천 복원 사업 준공식에 나를 초청했다. 그날 그는 대통령인 내가 아니면 청계천 복원 사업은 마무리할 수 없었다며 허리를 최대한 굽혔고, 고개를 푹 숙였다.'

봉하노송은 꽁초만 남은 담배를 끈 다음, 이번엔 최근에 메이히로와 이어 온 인연을 마음 속으로 되새겼다.

'내가 청와대에서 제17대 대통령 당선자 신분이었던 메이히로를 만난 뒤, 16개월 가량이 흘렀다. 그동안 나는 메이히로와 몇 번 만났고, 몇 번쯤 전화 통화를 했던가? 내가 대통령 임기를 모두 마친 뒤, 메이히로와 첫 대면을 한 것은 지난해 2월 25

일, 여의도 국회에서 열린 제17대 대통령 취임식에서다. 아침 일찍 청와대에서 나와서 대통령 취임식에 참석한 뒤, 봉하마을로 낙향했다. 그 뒤에 내가 메이히로와 만나거나 통화를 한 적은…….'

어렴풋한 기억의 파편 하나까지 긁어모아 메이히로와 인연을 따져보자니 봉하노송의 머릿속은 엉킨 실타래보다 복잡하고 혼란스러웠다.

봉하노송은 대통령 재임 시절, 서울시장 메이히로와 정치적으로 여러 번 맞부딪쳤다. 대표적인 것이 행정수도 이전 문제다. 행정수도 이전은 봉하노송의 대선 핵심 공약이었다. 메이히로는 행정수도 이전을 반대하는 선봉에 섰다. 메이히로는 '참여정부는 잠시 왔다가는 5년 임기의 정권'이라고 폄훼했다.

봉하노송과 메이히로는 경제 문제를 놓고도 대립했다. 대표적인 것이 부동산 정책이다.

봉하노송은 2007년 제17대 대선 정국에서 중립을 지켰다. 선임자로서 후임자에게 나름의 격식을 갖췄다.

봉하노송에 대한 메이히로의 태도가 180도 돌변한 것은 지난해 초여름이었다. 퇴임 후 낙향한 봉하노송이 봉하마을 들판에 오리를 푼 지 얼마 지나지 않은 6월 12일, 메이히로의 살기가 도는 공격이 시작됐다. 청와대는 봉하노송이 사저로 가져간

대통령 기록물 일체를 반환하라고 요구했다. 이후 일이 걷잡을
수 없이 확대되자 봉하노송은 청와대에 이런 편지를 보냈다.

메이히로 대통령님.

기록 사본은 돌려드리겠습니다.

사리를 가지고 다투어 보고 싶었습니다. 법리를 가지고 다
투어 볼 여지도 있다고 생각했습니다. 열람권을 보장받기 위
하여 협상이라도 해보고 싶었습니다. 그래서 버티었습니다.
모두 나의 지시로 비롯된 일이니 설사 법적 절차에 들어가더
라도 내가 감당하면 될 것이라고 생각했습니다. 그런데 이미
퇴직한 비서관, 행정관 7~8명을 고발하겠다고 하는 마당이니
내가 어떻게 더 버티겠습니까? 내 지시를 따랐던, 힘없는 사
람들이 어떤 고초를 당할지 알 수 없는 마당이니 더 버틸 수가
없습니다.

메이히로 대통령님.

모두 내가 지시해서 생겨난 일입니다. 나에게 책임을 묻되,
힘없는 실무자들을 희생양으로 삼는 일은 없도록 해주시기 바
랍니다. 기록은 국가기록원에 돌려드리겠습니다.

전직 대통령을 예우하는 문화 하나만큼은 전통을 확실히 세
우겠다.

메이히로 대통령 스스로 먼저 꺼낸 말입니다. 내가 무슨 말을 한 끝에 답으로 한 말이 아닙니다. 한 번도 아니고 만날 때마다, 전화할 때마다 거듭 다짐으로 말했습니다. 그 말을 듣는 순간에는 자존심이 좀 상하기도 했으나 진심으로 받아들이면서 감사하다고 말씀드렸습니다. 그리고 은근히 기대를 하기도 했습니다.

그 말씀을 믿고 저번에 전화를 드렸습니다. 보도를 보고 비로소 알았다고 했습니다. 이때도 전직 대통령 문화를 말했습니다. 그리고 부속실장을 통해 연락을 주겠다고 했습니다. 그래서 선처를 기다렸습니다.

그러나 한참을 기다려도 연락이 없어 다시 전화를 드렸습니다. 이번에는 연결이 되지 않았습니다. 몇 차례를 미루고 하더니 결국 담당 수석이 설명드릴 것이라는 부속실장의 전갈만 받았습니다.

우리 쪽 수석비서관을 했던 사람이 담당 수석과 여러 차례 통화를 시도해보았지만 역시 통화가 되지 않았습니다. 지금도 내가 처한 상황을 믿을 수가 없습니다.

전직 대통령은 내가 잘 모시겠다.

이 말이 아직도 귀에 생생한 만큼, 지금의 궁색한 내 처지가 도저히 실감이 나지 않습니다. 내가 오해한 것 같습니다. 메이히로 대통령을 오해해도 크게 오해한 것 같습니다.

메이히로 대통령님.

가다듬고 다시 말씀드리겠습니다. 기록은 돌려드리겠습니다. 가지러 오겠다고 하면 그렇게 하겠습니다. 보내 달라고 하면 그렇게 하겠습니다.

대통령기록관장과 상의할 일이나 그 사람이 무슨 힘이 있겠습니까? 국가기록원장은 스스로 아무런 결정을 하지 못하는 것 같습니다. 결정을 못하는 수준이 아니라, 본 것도 보았다고 말하지 못하고, 해놓은 말도 뒤집어 버립니다. 그래서 메이히로 대통령에게 상의 드리는 것입니다.

메이히로 대통령님.

질문 하나 드리겠습니다. 기록을 보고 싶을 때마다 전직 대통령이 천리길을 달려 국가기록원으로 가야 합니까? 그렇게 하는 것이 정보화 시대에 맞는 열람의 방법입니까? 그렇게 하는 것이 전직 대통령 문화에 맞는 방법입니까? 메이히로 대통령은 앞으로 그렇게 하실 것입니까? 적절한 서비스가 될 때까지 기록 사본을 내가 가지고 있으면 정말 큰일이 나는 것 맞습니까? 지금 대통령 기록관에는 서비스 준비가 잘되고 있는 것으로 알고 있습니까? 언제쯤 서비스가 될 것인지 한 번 확인해 보셨습니까? 내가 볼 수 있게 되어 있는 나의 국정기록을 내가 보는 것이 왜 그렇게 못마땅한 것입니까?

공작에는 밝으나 정치를 모르는 참모들이 쓴 정치소설은 전혀 근거 없는 공상소설입니다. 그리고 그런 일이 기록에 달려 있는 것은 더욱 아닙니다.

메이히로 대통령님.

우리 경제가 진짜 위기라는 글들은 읽고 계신지요? 참여정부 시절의 경제를 파탄이라고 하던 사람들이 지금 이 위기를 어떻게 규정하고 있는지 모르지만, 아무튼 지금은 대통령의 참모들이 전직 대통령과 정치게임이나 하고 있을 때가 아니라는 사실 정도는 잘 알고 계시리라 믿습니다.

저는 두려운 마음으로 이 싸움에서 물러섭니다. 하느님께서 큰 지혜를 내리시기를 기원합니다.

　　　　　　　　2008년 7월 16일. 16대 대통령 봉하노송

9개월 전, 봉하노송이 청와대 메이히로에게 보냈던 자필 편지다. 편지를 보낸 까닭과 골자가 떠오르자 그의 가슴은 미어졌다.

'내게 사람을 보는 눈이 어둡다고 타박하는 사람이 더러 있었다. 그런 타박에 나는 누누이 귀를 닫았다. 돌이켜보면 나는 사람 사는 세상을 외치며 나름대로 눈을 씻고 사람을 자세히 보려고 노력했다. 그렇지만 나도 사람인지라 눈에 익은 얼굴이나 눈

에 차는 사람한테 인정을 느꼈다. 그러다보니 눈에 넣어도 아
프지 않을 사람에게 깊은 정을 쏟았고, 눈에 밟히는 사람들과
관련된 일에 집중한 적도 많다. 혹시 이 때문에 오늘 내가, 아
아!……'

순간, 봉하노송은 바늘로 가슴을 찌르는 것 같은 통증을 느
꼈다.

'결국 내가 부엉이셈을 했단 말인가? 오직 나 자신과 처자식,
그리고 나를 도왔던 정치적 동지들, 또한 내게 큰 힘과 거센 바
람을 모아 준 봉사모를 먼저 챙기려다 부엉이셈을 한 것일까?'

사실 그는 전직 대통령을 예우하는 문화 하나만큼은 확실히
세우겠다던 메이히로의 말을 얼마쯤 믿었다. 분명 사탕발림이
라고 의심하면서도 진심으로 받아들인 적도 있다. 참으로 낮부
끄러울 노릇인데, 봉하노송은 이 역시 부엉이셈의 소산이라고
여겼다.

'퇴임 후 나는 메이히로와 여러 차례 전화 통화를 하면서 입으
로는 감사하다는 말도 했다. 속으론 선임자인 나를 예우해 줄 것
이라고 은근히 기대까지 했다. 이 얼마나 창피스러운 일인가!'

봉하노송은 지난해 7월 청와대에 보낸 편지의 끄트머리에
이렇게 적었다. '저는 두려운 마음으로 이 싸움에서 물러섭니
다'라고.

그렇게 한 차례 백기를 들었던 봉하노송은 지난달 중순 메이히로에게 보낼 청원서를 준비했다. 하지만 참모들의 만류를 뿌리칠 수 없어 청원서 발송을 포기했다.

메이히로 대통령님.

어려운 시기에 국정을 수행하시느라 얼마나 노고가 많으십니까? 전직 대통령으로서 이 어려운 시기에 아무런 도움을 드리지 못하고 있는 처지를 무척 송구스럽게 생각합니다.

오늘은 저와 관련한 일로 대통령께 청원을 드립니다. 청원의 요지는 수사팀을 교체해 달라는 것입니다. 이유는 그동안의 수사 과정으로 보아 이 사건 수사팀이 사건을 공정하고 냉정하게 수사하고 판단할 것이라는 기대를 할 수 없기 때문입니다.

검찰이 하는 일은 범죄의 수사이므로, 검사가 머릿속에 범죄의 그림을 그려놓고 그 범죄를 구성하는 사실을 찾는 것은 자연스러운 일이라고 생각할 수도 있을 것입니다. 그러나 그에 우선하는 검찰의 의무는 진실을 찾아내는 것입니다. 그러므로 검찰은 있는 사실을 찾기 위해 노력해야지, 없는 사실을 만들거나 관계없는 사실을 가지고 억지로 끼워 맞추려고 해서는 안 됩니다. 나아가서는 피의자에게 유리한 사실도 찾아낼 의무가 있습니다.

　그런데 지금 수사팀이 하고 있는 모양을 보면 수사는 완전히 균형을 상실하고 있습니다. 그동안 수사팀은 너무 많은 사실과 범죄의 그림을 발표하거나 누설했습니다. 피의사실을 공표하거나 누설해 왔습니다. 다음에는 그들이 발표한 사실을 뒷받침하는 증거라며 발표하거나 누설해 왔습니다. 그 다음에는 증거의 신뢰성을 뒷받침하는 사례라며 친절하게 설명해 왔습니다. 마침내는 전혀 확인되지 않은 터무니없는 사실까지 발표합니다. 이런 일들은 검찰이 해서는 안 되는 일입니다. 불법행위입니다.

　그러나 저는 지금 이 문제를 따질 겨를이 없습니다. 보다 더 중요한 문제는, 이 사건 수사팀이 수사가 끝나기도 전에 미리 결론을 말하고 있다는 것입니다. 뿐만 아니라 발표하거나 누설한 내용을 보면 미리 그림을 다 그려놓고 그에 맞게 사실과 증거를 짜 맞추어 가고 있다는 의혹을 지울 수가 없습니다.

　이것은 정상적인 수사가 아닙니다. 이렇게 해서는 도저히 수사의 공정성을 믿을 수가 없습니다. 그리고 이렇게 하면 국민들은 검찰이 만든 범죄의 그림을 기정사실로 받아들일 것입니다. 나아가서는 미래에 이 사건의 재판을 맡을 사람의 기억에까지 선입견을 심어줄 우려가 있습니다.

더욱 큰 문제는 수사팀이 피의사실을 입증할 만한 충분한 증거를 확보하지 못할 경우에도 결론은 돌이킬 수가 없는 상황에 빠져 있다는 것입니다. 그들은 스스로 그려놓은 그림에 빠져서 헤어날 수가 없는 모양입니다. 그리고 판단을 돌이키기에는 너무 많은 발표를 해버린 것 같습니다. 만일 사건이 이대로 굴러가면 검찰은 기소를 할 것입니다. 그런데 만일 검찰의 판단이 잘못된 것으로 결론이 나왔을 때, 그리고 검찰의 수사과정의 무리와 불법에 관한 문제가 제기되었을 때, 대한민국 검찰의 신뢰는 어떻게 되겠습니까?

상황이 이러하니 수사팀은 새로운 증거가 나올 때까지 증거를 짜내려고 할 것입니다. 이미 제 주변 사람들은 줄줄이 불려가고 있습니다. 끝내 더 이상의 증거가 나오지 않으면 다른 사건이라도 만들어 내려고 할 것입니다. 그러나 이렇게 하는 것은 검찰권의 행사가 아닙니다. 권력의 남용입니다.

그동안 참여정부 사람들이나 그들과 혹시 무슨 관계가 있는지 의심이 갈 만한 사람들은 조사할 만큼 다 조사하지 않았습니까? 그리고 이미 많은 사람이 감옥에 가지 않았습니까? 이미 제 주변에는 사람이 찾아오지 않은 지 오래됐습니다. 저도 오지 말라고 했습니다. 이전에는 조심을 한 것입니다. 그런데 이제는 조심을 하지 않아도 아무도 올 사람이 없게 되었습니다. 저는 이미 모든 것을 상실했습니다. 권위도 신뢰도, 더 이상 지켜야 할 아무것도 남아 있지 않습니다.

저는 사실대로, 그리고 법리대로만 하자는 것입니다. 제가 두려워하는 것은 검찰의 공명심과 승부욕입니다. 사실을 확인해야지, 만드는 일은 없어야 합니다.

대통령께서는 이미 이 사건에 관하여 보고를 받고 계실 것입니다. 그러나 이 사건에 이처럼 많은 문제점이 있다는 사실까지는 보고를 받지 못하셨을 것입니다. 그런데 이 사건은 많은 문제가 있습니다. 저는 대통령께서 이 사건을 다시 한 번 보셔야 한다고 생각합니다. 그리고 저는 통상적인 보고라인이 아니라 대통령께 사실과 법리를 정확하게 말씀드릴 수 있는 다른 전문가들에게 이 사건에 대한 분석과 판단을 받아보실 것을 권고 드리고 싶습니다.

다시 살펴보아야 할 중요한 점은 다음과 같은 것들입니다. 검찰이 막강한 권능으로 500만 불을 제가 받은 것이라고 만들어내는 데 성공을 한다고 가정하더라도, 과연 퇴임 사흘 남은 사람에게 포괄적 뇌물이 성립할 것인지, 과연 박 회장의 베트남 사업, K은행 사업, 그 밖의 사업에 대통령이 어떤 일을 했는지, 무슨 일을 했다면 그것이 부정한 일인지, 이런 문제들에 관하여 신중하게 살펴보아야 할 것입니다.

그리고 박차대 회장이 2007년 6월 저와 통화를 했다면 검찰은 그 통화기록을 확보했는지, 그렇지 않다면 그 이유도 확인해보아야 할 것입니다. 보도를 보면 통신회사의 기록보존기한이 지났기 때문에 찾기가 어렵다고 하는 것 같습니다만, 오늘날 디지털 기술은 통신 서버를 폐기하지 않는 이상 복구가 가능하다고 합니다.

그러나 이런 일을 할 수 있는 힘을 가진 기관은 검찰뿐입니다. 그러므로 이 통화기록은 반드시 검찰이 찾아서 입증을 해야 할 것입니다.

그런데 검찰은 이 기록을 성의 있게 찾고 있는지 물어보아야 할 것입니다. 그리고 검찰이 이 사건에 관한 단서를 언제 처음 알았는지, 왜 지금까지 수사를 미루어 왔는지, 그동안에 박 회장의 진술이 어떻게 변화하여 왔는지, 지금 검찰이 박 회장의 운명을 좌우할 수 있는 권능을 이 사건 수사를 위하여 남용하고 있는 것은 아닌지, 이런 사정도 살펴보아야 할 것입니다. 그러면 이 사건 수사가 많은 문제가 있다는 사실을 발견할 수 있을 것입니다.

이런 문제들을 해소하는 방법은 수사팀을 교체하는 것입니다. 그런데 이것은 오로지 대통령님만이 할 수 있는 것입니다. 물론 형식적 절차는 법무부 장관의 소관일 것입니다만, 대통령의 결단이 아니고는 할 수 없는 일입니다.

저는 저와 제 주변의 불찰로 국민을 실망시켜 드린 점에 대하여는 이상 더 뭐라고 변명을 드릴 염치도 없습니다. 부끄럽기 짝이 없습니다.

이제 저는 한 사람의 보통 인간으로서 이 청원을 드립니다. 형식 절차에서 자기를 방어하는 것은 설사 그가 극악무도한 죄인이거나 역사의 죄인이거나 가리지 않고 인간에게 보장되어야 하는 최소한의 권리입니다. 제가 수사에 대응하고, 이 청원을 하는 것 또한 한 사람의 인간으로서 누려야 할 최소한의 권리라는 점을 양해해주시기 바랍니다.

2009년 4월. 봉하노송

봉하노송은 이 청원서를 청와대에 보내려고 마음먹기 전, 남정청송 등 참모진과 마주 앉았다. 먼저 그는 청원서를 준비한 취지를 설명했다.

"검찰 수사팀 교체는 법무부 장관 소관입니다만 대통령의 결단이 아니고는 불가능한 일입니다. 청와대에 수사팀 교체를 요구하려고 이 청원서를 준비했는데, 여러분의 생각은 어떻습니까?"

참모진의 좌장격인 남정청송이 무겁게 입을 뗐다.

"노송님의 판단이 옳다고 봅니다. 그렇긴 합니다만 지금 이 상황에서는 구태여 청원서를 보낼 까닭이 없다고 생각합니다."

봉하노송은 남정청송을 물끄러미 바라보았다. 서글픈 눈길로 오도카니 앉아 있는 봉하노송에게 남정청송이 이유를 덧붙였다.

"이 마당에 청원서를 보내는 것은 참으로 모양새가 좋지 않습니다. 만약 노송님이 청와대에 이런 청원서를 보냈다는 사실이 알려지면 국민이 어떻게 생각하겠습니까? 좋게 받아들이지 않을 겁니다. 한 가지 더 고민해보실 점은 청와대가 노송님의 청원서를 접수해서 메이히로 대통령에게 전달한다고 한들 무슨 소용이 있겠습니까? 저는 아무 소용이 없을 것이라고 생각합니다."

남정청송의 얘기가 끝나자 봉하노송은 줄담배를 피우며 고민에 빠져들었다. 한 참 뒤, 봉하노송이 꽉 다물었던 입술을 힘겹게 열었다.

"알겠습니다. 이 청원서를 보내지 않겠습니다."

이렇게 해서 청원서 문제는 없던 것으로 일단락되었다.

그런 일이 있은 지 약 한 달이 지났다. 봉하노송과 남정청송은 사저의 서재에서 SBS가 단독보도라며 터트린 논두렁 시계 사건에 대한 대책을 논의하던 중이었다.

"노송님, 오늘이라도 당장 기자들을 만나 보겠습니다."

봉하노송은 가타부타 일절 말이 없다. 이후 남정청송은 기자들 앞에 섰고, 논두렁 시계 사건과 관련해 봉하노송과 봉하부인의 입장은 떳떳하다고 밝혔다.

그러나 언론은 남정청송의 말을 흘려들었다. 언론은 SBS가 날조한 가짜뉴스를 밑천 삼아 물 만난 고기처럼 날뛰었다.

언론은 기사의 제목을 '로또마을 봉하마을에 집결하자고 인터넷이 시끌시끌', '네티즌들, 2억짜리 시계를 찾으러 봉하마을로 가자고 아우성', '버렸다, 찢었다, 궁색해지는 봉하노송의 변명' 등으로 뽑아 논두렁 시계 사건을 사실로 몰아갔다.

검찰의 공소 전이라 피의사실을 미리 공표하면 처벌받도록 돼 있다. 그런데도 특히 수구보수 언론은 이 점을 아랑곳하지 않았다. 그들의 펜 끝은 봉하노송에게, 먼저 언론과 국민 앞에 무릎을 꿇고 사죄하라고 요구했다. 그런 다음 고분고분 교도소로 들어가서 콩밥을 먹으라고 떼를 쓰는 꼴이었다.

논두렁 시계 사건이 발생하기 열흘 전, 한 일간지는 '기획시론'이라는 희한한 명칭의 연재를 시작했다. 이 시리즈의 첫 번째 시론은 S교수의 글이었다.

S교수는 시론을 통해 봉하노송에게 '대통령 재임 시절에 반칙과 특권을 없애겠다고 외치던 패기가 어디 갔나?'고 물으면

서 '법망을 빠져나갈 궁리만 하느냐'고 따졌다. S교수는 또 봉하노송이 '고백과 참회보다 변명과 궤변으로 일관한다'며 '일생을 유랑하는 천형에 처해졌던 카인의 벌을 받아야 한다'고 주장했다.

S교수가 그 시론에서 언급한 카인과 아벨은 금지된 선악과를 따먹고 에덴동산에서 쫓겨난 아담과 이브가 낳은 두 명의 아들이다. 형인 카인은 농부로, 동생인 아벨은 양치기로 성장했다. 어느 해 추수 때가 돼 두 형제가 하나님께 제물을 바쳤다. 그런데 하나님은 동생 아벨의 제물은 반겼지만 형 카인의 제물은 반기지 않았다. 그러자 형 카인은 증오심과 질투심으로 결국 동생 아벨을 살해했다. 성서에 나오는 인류 최초의 형제 살인 사건은 이렇게 발생하게 되었는데, 하늘은 동생을 죽인 카인을 죽음으로 처벌하지 않았다. 대신 평생 동안 유랑시키는 천형을 내렸다.

S교수는 그 시론에서 봉하노송에게 일정 기간의 수형생활보다 일생을 유랑하며 참회하는 카인의 벌을 내려야 된다고 주장했다. '언론의 자유'라는 이름으로 '표현의 자유'를 누린다는데 무슨 할 말이 있겠는가. 하지만 법적으로 아직 유죄가 확정되지 않은 봉하노송을 범죄자로 단정하고 처벌의 방법까지 논한 것은 언론의 막부림이 아니고 무엇이랴.

물론 봉하노송은 수구 언론의 이런 악심에 상처 받을 사람이 아니다. 오랫동안 정치를 하면서 단련된 덕분이다.

이에 반해 진보 언론의 날카로운 펜 끝엔 오래 견디지 못했다. 사실 진보 언론은 논두렁 시계 사건이 터지기 훨씬 전부터 봉하노송에게 돌을 던졌다. 보수 언론에 부화뇌동한 진보 언론이 마치 도마뱀이 제 꼬리를 자르듯 인연을 끊으려고 몸부림치자 봉하노송의 가슴은 미어졌다.

내가 잘못한 게 뭐 있습니까. 한 번 꼽아 보세요. 대계거송은 자기도 모른 상태에서 벼랑으로 떨어졌고, 후광거송은 임국정 해임건의 문제로 레임덕에 빠지고 게이트에 휘말렸습니다. 나는 더 이상 떨어질 곳이 없어요. 난 소통령도 없고, 게이트도 없습니다.

지난달 중순, 진보적 성향의 한 시사 주간지는 '굿바이 봉하노송'을 표지 이야기로 다뤘다. 그러면서 관련 글 속에 봉하노송이 퇴임 전에 언급했던 말을 먼저 소개했다. 그런 다음, 깊은 수렁에 빠져 있는 봉하노송에게 이런 주문을 했다.

봉하노송 정권의 재앙은 5년의 실패를 넘는다. 다음 5년은 물론, 또 다음 5년에도 영향을 미칠 것이다. 그렇다면, 봉하노송 당선은 재앙의 시작이었다고 해야 옳다. 이제 그가 역사에 기여할 수 있는 일이란 자신이 뿌린 환멸의 씨앗을 모두 거두어 장엄한 낙조 속으로 사라지는 것이다.

'굿바이 봉하노송'을 표지에 적은 시사 주간지가 발간된 다음 날인 4월 15일, 역시 진보적 성향의 한 일간지는 '굿바이 봉하노송'이라는 칼럼을 게재했다. 이 칼럼은 끝을 토씨만 고쳐 이렇게 갈무리했다.

이제 그가 역사에 기여할 수 있는 일이란 자신이 뿌린 환멸의 씨앗을 모두 거두어 장엄한 낙조 속으로 사라지는 일이다.

진보 언론의 이런 글을 읽을 때마다 봉하노송은 마치 뼈와 살이 타 들어가는 듯한 통증을 느꼈다.

⊙.⊙

2009년 5월 22일 낙조가 봉하마을에 짙게 내려앉았다.
지난 일주일 동안, 사저를 찾아 온 사람은 거의 없다. 문지방이 닳도록 드나들던 남정청송도 무슨 일인지 발걸음을 끊었다.

남정청송 등 참모진은 검찰이 기소해도 봉하노송이 무죄를 받을 것으로 확신했다. 여태 검찰이 아무런 결정을 내리지 못하는 것은 바로 그 때문이라고 판단했다.

그런 판단을 내리기 전까지 남정청송은 자주 사저를 방문했다. 검찰이 구속 영장을 청구하지 못할 것이라고 말한 뒤로는 남정청송이 사저에 찾아 올만한 특별한 이유도 없었고 굳이 방문할 현안도 없었다.

남정청송은 검찰의 결정이 늦어지는 상황에서 봉하노송에겐 휴식이 절실하다고 보았다. 더욱이 봉하노송은 참모들의 얼굴을 마주하는 것조차 부담스러워했다. 낯을 들 면목이 없다고 생각하는 것 같았다. 그래서 남정청송은 봉하노송이 가족들과 함께 사저에서 편히 쉬는 것이 좋겠다고 여겼다.

현재 사저엔 한 사람의 참모도 없다. 봉하노송은 손에서 끝까지 놓지 않으려고 애를 썼던 '진보의 미래'라는 책의 저술 작업도 포기했다. 그저께 오전, 봉하노송은 집필 작업을 돕던 비서진에게 "그동안 고생했다"고 말했다. 봉하노송이 여러 사람을 만난 것은 그게 마지막이다.

봉하노송이 손에서 모든 일을 내려놓던 그저께 저녁, 사저엔 봉하마을에 사는 50년 지기 J농협 조합장이 찾아왔다. "소주 한 잔 하자"고 먼저 연락을 취한 뒤 사저를 방문한 그의 양손엔 통닭 두 마리가 들려 있었다. 그는 한 마리를 사저 경호동에 주고, 나머지 한 마리를 사저 안채로 들고 왔다. 봉하부인과 호걸은 통닭에 입을 댔지만 봉하노송은 손도 대지 않았다.

"봉사모 회원들이 봉하마을에 찾아와 노송님이 이상한 마음을 잡수실까봐 걱정이라고 하면서 자주 운다. 나도 신신당부를 하고 싶은데 혹시라도 독한 마음먹지 마라!"

J농협 조합장과 봉하노송은 초등학교 1년 선후배 사이다. 그러나 두 사람은 50년 동안 친구처럼 지냈다. 그저께 그가 사저를 방문 한 뒤로 오늘까지 이틀간 봉하노송이 만난 외부인은 단 한 명도 없다.

"아버지, 무슨 생각을 그렇게 깊이 하세요?"

봉하노송이 사저 앞뜰의 산딸나무 앞에서 사색에 잠겨 있는데 호걸이 물었다. 하얀색 꽃이 활짝 핀 산딸나무는 지난해 11월, 봉하노송이 직접 심었다. 사저 정원수 가운데 유일하게 표지석이 있는 이 나무는 제주4·3희생자유가족회가 기증했다. 봉하노송은 지난 2006년 4월 3일, 대통령으로서는 처음으로 '4·3사건 희생자 위령제'에 참석했다. 국가권력의 불법적 행사로 빚어진 아픈 과거사에 대한 정부 차원의 사과를 제주도민에게 전했다.

"산딸나무를 보고 있자니 이런저런 생각이 나서 그런다."

"아 그래요? 근데, 아버지! 예수님이 십자가에 못 박혀 돌아가실 때 산딸나무로 십자가를 만들었다는데, 혹시 알고 계신가요?"

"처음 듣는 소리"라고 대답한 뒤, 봉하노송은 넉 장의 흰색 꽃잎이 흡사 십자가처럼 생긴 산딸나무 꽃들을 자세히 살펴보았다.

'정말 이 산딸나무로 십자가를 만들었단 말인가? 아 아 아!······.'

봉하노송은 남몰래 자신의 하늘 가는 길을 그려 보았다. 만약 내일 아침에 그 길을 나선다면 혹시 누군가는 이렇게 평가할지도 모른다. 그가 혈족과 정치적 동지들을 지키기 위해 혼자 십자가를 짊어졌다고. 그런 생각이 머리를 스치는 순간 전율을 느꼈다.

"저기 아버지, 아까부터 자꾸 저 부엉이바위 쪽을 바라보시던데 어린 시절이 생각나서 그러세요?"

봉하노송은 가슴이 덜컥 내려앉았다. 은밀하게 감행하려는 거사를 혹시 호걸이 눈치 챈 게 아닌가 싶어서다.

"제가 알기로 아버지는 어린 시절 부엉이바위보다 사자바위를 더 좋아하셨다고 하던데, 왜 그러신 거죠?"

노을 탓인지 사자바위는 붉은 기운을 가득 품었다. 반면 부엉이바위엔 이미 옅은 어둠이 내려앉았다.

"어린 시절 부엉이바위 위에서 가난한 봉하마을을 내려다볼 때면 까닭 모를 우울함이 온몸을 휘감곤 했다. 근데 저 사자바위에 오르면 밝은 세상이 보이지 않았겠나. 그래 수시로 사자바위에 올라가서 기차를 타고 더 넓은 세상으로 달려가는 사람들을 보면서 난 희망도 키우고, 꿈도 키웠다 아이가."

봉하노송의 얼굴에 잠시 환한 미소가 흘렀다. 호걸의 얼굴도 덩달아 밝아졌다. 그러나 호걸의 얼굴엔 금세 수심이 가득했다.

"후유!……."

호걸의 짧은 한숨에 봉하노송의 얼굴도 굳어졌다.

"와? 무슨 걱정거리가 있나?"

"오랜만에 환하게 웃으시는 아버지 얼굴을 보니 기분이 정말 좋은데요. 요즘 어머닌 다리도 아프고, 안색도 좋지 않고……."

호걸의 눈가엔 눈물이 살짝 고였다. 아들의 눈시울을 바라보던 봉하노송은 담배를 입에 물었다.

"유정상 비서관님이 구속되자 어머닌, 아버지뿐 아니라 사저 참모진께도 면목이 없다며 얼굴을 들지 못했습니다. 참모진이 진상을 파악하려고 대화를 요청하면 어머닌 어쩔 수 없이 동석하셨는데요. 참모진과 얘기를 나누다가도 자리에 아버지가 나타나시면 어머닌 슬그머니 일어나 자리를 피하시고……."

호걸은 솟구쳐 오르는 슬픔을 참을 수 없는 듯 훌쩍이기 시작했다.

봉하노송과 사저 참모진은 이른바 박차대 게이트 정국에서 불거지는 사건들을 잘 알지 못했다. 참모진은 사실관계를 파악하려고 봉하부인을 찾아갔다. 그미는 그때서야 비로소 진상을 일부 털어놓았다.

그런데 봉하노송의 태도는 참으로 이상했다. 예전 같으면 그미에게 야단도 치고 화도 냈을 것이다. 박차대 사건이 터졌는데도 아무런 말이 없다. 달관한 사람 같았다.

이 점을 의아해하는 참모들에게 봉하노송은 이렇게 설명했다.

"결국은 다 내 책임입니다. 내가 오랫동안 무능했고, 장래에 대해 아무런 믿음을 못주니 집사람과 유정상 비서관이 그렇게 한 것 아니겠습니까? 다 내 잘못입니다."

그러면서 봉하노송은 두어 마디를 덧붙였다.

"난 오래 정치를 하면서 단련된 사람입니다. 하지만 우리 가족들은 단련시키지 못했습니다."

호걸이 뒤뜰의 잡초를 뽑겠다며 자리를 떴다. 봉하노송은 짙은 어둠이 깔린 부엉이바위 쪽을 바라보았다.

'호걸이도 그렇고 집사람도 그렇고, 이승에 남은 사람들은 내일 저 부엉이바위의 황혼을 바라보면서 무슨 생각을 하게 될까?……'

봉하노송의 두 눈에서 가느다란 눈물이 흘러내렸다.

'미네르바의 올빼미는 황혼이 깃들 무렵 나래를 편다.'

철학자인 헤겔이 쓴 『법철학』 서문에 나오는 말이다. 철학이나 사상, 그리고 진리에 대한 인식은 시대에 앞설 수 없기에 그 판가름은 일이 다 끝날 무렵에 가서야 비로소 난다는 뜻으로 해석된다.

우리 속담엔 '인사는 관 뚜껑 덮고 나서 결정 된다'는 말이 있다. 사람의 옳고 그름, 좋고 나쁨은 그 사람이 죽은 뒤에야 비로소 알 수 있다는 말이다. 헤겔이 『법철학』 서문에 쓴 문장처럼 세상의 일들은 인간의 짧은 식견으로 결과를 미리 알 수 없다는 뜻이다.

'미네르바의 올빼미는 황혼이 깃들 무렵 나래를 편다는데, 난 내일 아침 동틀 무렵 부엉이바위에서 투신한다. …… 내가 먼 훗날이라도 역사의 심판을 제대로 받을 수 있는 길은 오직 그길 뿐인가?'

뺨을 타고 흘러내리는 눈물은 점점 뜨거워졌다.

최후의
만찬

"부우!⋯⋯ 부우!⋯⋯ 부우!⋯⋯ 부우!⋯⋯."

틀림없는 부엉이 울음소리였다. 사저 주방의 식탁에서 저녁을 먹는 동안 봉하노송은 그 소리를 여러 차례 들었다. 뒤뜰에서 들려오는 듯했다.

어린 시절, 봉하노송은 부엉이 울음소리를 자주 들었다. 부엉이바위에 오를 때 들었던 울음소리는 요란했다. 한밤중에 생가에서 부엉이 울음소리에 소름이 돋기도 했다.

그 시절, 부엉이 울음소리에 대한 봉하마을 사람들의 생각은 크게 둘로 갈렸다. 한 갈래는 부엉이가 자주 우는 마을은 부자가 된다고 믿었다. 나머지는 부엉이가 마을을 향해 울면 초상이 난다고 여겼다.

"부우!······ 부우!······ 부우!······ 부우!······."

봉하노송은 부엉이 울음소리가 사저를 울릴 때마다 둘러앉아 함께 식사를 하고 있는 봉하부인과 호걸을 훔쳐보았다. 이상한 일이었다. 그미와 호걸은 부엉이 울음소리를 전혀 듣지 못하는 눈치다.

'뒤뜰에서 나는 저 부엉이 울음소리가 내 귀에만 들리는 걸까? 환청인가? 황혼이 어둠에 묻히면 내 귀에만 들리는 부엉이 울음소리는 혹시 나의 죽음을 재촉하는 걸까?'

봉하노송은 괴로웠다. 묵직한 울음소리를 내는 부엉이는 어두운 밤에 귀신처럼 하늘을 날며 괴물처럼 엉금거린다고 알고 있다. 그런 부엉이의 울음소리가 들리니 봉하노송은 겁이 날 정도였다.

이변이 없는 한 오늘 저녁 식사는 최후의 만찬이다. 의미 있는 만찬을 나누고 싶던 바람은 부엉이 울음소리 탓에 산산조각이 나 흩어졌다.

서둘러 밥과 국그릇을 말끔히 비운 뒤, 봉하노송은 주방 밖으로 나왔다. 아직 식탁 앞에 앉아 있는 봉하부인과 호걸은 봉하노송이 환청에 시달리며 이승의 마지막 식사를 마쳤다는 사실을 알 턱이 없다.

안채로 들어가 거실에 있는 컴퓨터용 탁자 위에서 담배와 라이

터를 집어 들고 현관문을 나선 봉하노송은 뒤뜰로 향했다. 저녁
밥을 먹는 동안 여러 차례 들었던 부엉이 울음소리가 정말 환청
인지 아닌지를 확인해보고 싶었다.

뒤뜰 화단에는 5월의 화사함이 여전했다. 안채에서 창밖으
로 새어 나온 불빛을 한 아름 끌어안은 꽃나무의 자태도 아름
다웠다.

'부엉이 울음소리는 어디서 온 걸까? 부엉이 울음소리는 뒤뜰
어디에서도 확인할 수 없었다. 그렇다면 저기 저 어둠에 잠긴
숲속에서 온 소린가?'

봉하노송은 고개를 뒤로 젖히고 어둠이 짙게 깔린 봉하마을
뒷산을 올려다보았다. 그 쪽에서 나는 소리인지 조용히 귀를 기
울여 보았다. 하지만 부엉이 울음소리가 들리지 않았다.

"뻐꾹!…… 뻐꾹!……."

어두운 밤, 어디에선가 들려오는 뻐꾸기 소리였다. 봉하노송
의 귀에 와 닿는 뻐꾸기 울음소리는 맑지 않았다.

'왜 저 뻐꾸기는 목이 쉬었을까? 종일 운 탓일까? …… 아, 저
뻐꾸기가 쉰 목소리로 저렇게 슬피 우는 것은 날이 새면 하늘
가는 길로 나설 내 마음을 붙들기 위함일까?'

봉하노송은 속울음을 씹으며 담배를 입에 물고 라이터를 켰
다. 라이터 불빛에 해질녘 호걸이 뽑아 쌓아 둔 잡초 더미가 눈

에 들어왔다. 수북한 잡초 더미를 바라보며 봉하노송은 자신의 처지를 돌아보았다. 세상 사람들이 하루빨리 뽑아서 버려야 될 인간잡초가 바로 자신일 수도 있다는 생각이 들자 서글픔이 밀려왔다. 견딜 수 없을 지경이었다.

"아버지, 어디 계신가 했더니 여기 계셨군요."

호걸의 목소리가 시근벌떡했다.

"어 그래 담배 피우고 있었다. 와, 무슨 일 있나?"

"경호동에서 인터폰으로 연락이 왔는데, 조합장님이 토마토하고 참외를 들고 찾아와서 지금 대문 앞에 기다리고 계신답니다. 아버지, 어떻게 할까요? 안채로 모실까요?"

봉하노송은 잠시 생각했다. 엊그제 찾아온 동네 친구인 J농협 조합장이 신신당부했던 말이 떠올랐다.

"혹시라도 독한 마음먹지 마라!"

봉하노송은 그가 다시 찾아온 이유를 먼저 헤아려 보았다. 그런 다음 자신이 처한 입장과 집안의 사정을 따져 보았다. 저녁밥을 먹었으니 곧 봉하부인과 호걸은 맥주를 마시게 될 것이다. 이참 저참 셈을 해 본 뒤, 봉하노송은 조합장을 돌려보내는 것이 좋겠다고 생각했다.

"잡초 뽑는 것도 힘든 일이더구나. 모처럼 일을 했더니 내가 좀 피곤한데, 조합장한테 잘 말씀 드려라. 내가 피곤해서 일찍 잠자리에 들었으니 다음에 뵙는 게 좋겠다고."

호걸은 이 말을 전하려고 경호동으로 발걸음을 옮겼다.

'내가 인생이라는 배에 올라탄 뒤 항해를 하는 동안 미운 정을 나눈 사람도 수두룩했고, 고운 정을 나눈 사람도 수두룩했다. 미운 정이 들었든 고운 정이 들었든, 이제 나는 이승에 남아 살아갈 그 사람들과 영원히 이별해야 된다. 그런데 정을 떼는 일이 결코 쉽지 않다. 동네 친구와 쌓아 온 두터운 정을 떼는 일도 이토록 힘든데, 피를 나눈 혈연의 진하디진한 정은 어떻게 떼야 된단 말인가? 사랑하는 가족과 이어 온 천륜도 이 밤이 새기 전에 끊어야 된다. 가슴이 찢어지는 것 같고, 심장이 터질 것 같다. 생의 마지막이 될 이 하룻밤을 난 어떻게 보내야 된단 말인가?'

대문 앞에서 기다리고 있다는 J농협 조합장을 돌려보내기로 작정한 뒤 봉하노송의 가슴 통증은 더 심해졌다. 어금니를 앙다물었다. 가슴이 아리고 쓰리나 기왕 하늘로 가겠다고 나선 발길을 되돌릴 수 없는 일이다.

'삐이이!…… 삐이이!…….'

최근 들어 봉하노송은 이명까지 시달리고 있다. 마치 매미소리 같기도 한 '삐이이!' 소리가 갑자기 커지면 그는 고통을 참을 수 없었다.

"아버지, 조합장님은 돌아가셨습니다."

돌발적으로 커진 이명 때문에 봉하노송의 인상이 일그러졌을 때, 경호동으로 갔던 호걸이 돌아왔다.

"꽤 시간이 걸렸는데, 그래 대문까지 나갔다 왔나?"

"네 아버지. 조합장님이 토마토하고 참외도 가져오고, 파프리카도 가져 왔다고 해서 제가 대문까지 나가서 받아왔습니다."

"내가 피곤해서 일찍 잠자리에 들었으니 다음에 뵙는 게 좋겠다고 말씀 드렸제?"

"네, 아버지, 그렇게 말씀 드렸습니다."

"그랬더니 머라 카더나?"

"별말씀 안 하시구요. 내일이든 모레든 짬이 나면 다시 찾아오겠다고 하시던데요."

봉하노송은 잠시 호흡을 가다듬었다.

"가져온 거는 양이 얼마나 되더나?"

"작은 종이상자로 한 상자씩 모두 세 상잡니다."

"많이도 가져 왔나본데, 그래 종이상자는 지금 어딨나?"

"주방에 갖다 놓았는데, 왜 그러시죠?'

"경호동에도 좀 갖다 드려라."

"안 그래도 절반은 경호동에 갖다 드렸습니다."

"그래 잘했다."

봉하노송은 담배 꽁초의 불씨가 꺼진 것을 확인한 뒤 잡초 더미에 던졌다.

"제가 씻는다고 했더니 어머니가 지금 토마토하고 참외 씻고 계신데, 주방으로 들어가서 같이 드시죠."

"알았다, 먼저 들어가라."

호걸이 주방으로 벌걸음을 옮기자, 봉하노송은 앞뜰로 나갔다. 어둠에 잠긴 봉하마을의 야경이 눈에 들어왔다. 인적도 거의 끊겼고, 도로 위를 달리는 차량도 거의 없다. J농협 조합장이 타고 왔을 승용차는 이미 어둠 속으로 사라진 뒤다.

'친구야, 정말 고맙네! 독한 마음을 먹지 말라던 자네의 신신 당부를 저버려서 미안하네. 남은 여생 건강하고 행복하시게. 자네 처와 아이들도 모두 건강하고 행복하길 기원함세⋯⋯.'

봉하노송은 이렇게 J농협 조합장에게 작별을 전했다. 그의 눈엔 눈물이 어렸다. 조합장네 가족의 건강과 행복을 기원하는 대목에서 목이 메었다.

'내가 훌쩍 이승을 뜨게 되면 집안은 집사람과 호걸이 이끌어 가게 될 텐데, 나로 인해 당장 내일 이른 아침부터 벌어질 끔찍할 일들을 두 사람이 어떻게 감당할까? ⋯⋯ 어렵고 힘든 집안일이 있을 때마다 집사람과 호걸은 나를 얼마나 원망할까?⋯⋯.'

봉하노송은 금방이라도 뜨거운 눈물이 쏟아져 나오려는 눈물샘을 닫아보려고 일부러 깜깜한 밤하늘을 올려다보았다. 고였던 눈물이 스며든 것인지 이미 촉촉해진 망막엔 서쪽 하늘의 개밥바라기별이 들어가 앉았다.

'오늘은 왜 저 별도 슬피 우는 것일까?'

어두운 밤하늘엔 혹시 인공위성이 아닌가 하고 착각할 정도로 굉장히 밝게 빛나는 별이 박혀 있다. 금성이다. 이 금성이 새벽에 나타나면 샛별이라고 부르고, 저녁에 보이면 개밥바라기별이라고 부른다. '바라기'란 작은 그릇이다. 개밥바라기는 '개의 밥그릇'이란 뜻이다. 옛사람들은 저 개밥바라기별이 뜰 무렵을 하루 종일 집을 지켜 준 개에게 저녁밥을 먹이는 때로 여겼다.

'개밥바라기별을 보는 것도 오늘이 마지막이다. 저 별이 사라지면 이 밤은 더욱 깊어질 것이다. 하늘 가는 길에 오르기 위해 내가 집을 나설 시간이 그만큼 가까워진다는 얘긴데, 저 별이 사라졌다가 샛별이라는 이름으로 다시 뜰 시간도 얼마 남지 않았다. 아니 근데 이 산딸나무에 웬 거미줄인가?……'

글썽대는 눈물을 훔치작거리며 개밥바라기별을 바라보던 봉하노송의 눈에 산딸나무의 거미줄이 붙었다.

'암갈색의 산왕거미 한 마리가 원형의 큰 그물을 쳐놓고 먹잇감을 기다리고 있다. 어쩌면 세상의 인간 독거미들도 나를 잡기 위해 그물을 쳐놓고 오랫동안 기다렸을 것이다. 내가 이런 그물에 걸려든 지도 벌써 한 해가 지났다. 빠져나가려고 몸부림을 치면 칠수록 그물은 나를 더욱 옭아맸다. 마치 손에 찬 수갑처럼. 앞으로 내가 이런 그물에서 빠져나갈 가능성은 희박하다. 그 때문에 난 내일 아침 오래 된 생각을 실행에 옮긴다. 혹시 청와대 메이히로가 인간 독거미들의…….'

제주 4·3희생자유가족회가 보내온 산딸나무에 거미줄을 쳐놓고 몸을 숨긴 채 가늘고 긴 발만 살금살금 움직이는 산왕거미의 몸체에 메이히로의 얼굴이 포개지자 봉하노송은 온몸에 소름이 돋았다.

초록에서 짙푸른 녹음으로 서서히 변하는 계절, 산왕거미는 산딸나무 꽃그늘 밑 어두침침한 구석에 몸을 숨기고 먹잇감을 사냥하고 있다. 산왕거미는 사저 건물 안에서 흘러나오는 불빛과 사저 건물 바깥에 서 있는 가로등의 불빛을 보고 부산하게 날아다니는 날벌레들이 낭창낭창한 거미줄에 걸려들기만 기다리고 있는 듯하다.

'청와대의 메이히로는 나의 어떤 순간을 애타게 기다리고 있을까? 내가 백기를 들고 순순히 걸어서 감옥으로 들어가길 기다리고 있을지도 모른다. 내 처자식 가운데 단 한 명이라도 감옥에 집어넣는 그 순간을 학수고대할지도 모른다. 이 뿐 아닐 수도 있다. 나 또는 내 집사람이 독한 마음을 먹고 저 세상으로 사라지길 은근히 기다리고 있을지도 모른다.'

봉하노송은 가슴이 타들어 가는 듯한 고통을 느꼈다.

'삐이이!…… 삐이이!…….'

고막을 찢어버릴 것 같은 이명이 또 봉하노송을 괴롭힌다. 그는 심신이 쇠약해진 뒤로 심한 이명에 시달려왔다. 그런데 요 며칠 전부터는 그의 귀에 환청까지 들린다.

"아버지, 얼른 주방으로 들어가시죠!"

봉하노송이 산왕거미가 몸을 숨기고 있는 산딸나무 앞에서 어둠이 덮고 있는 뱀산을 건너보고 있는데 호걸이 다가왔다. 사저 맞은편에 뱀처럼 길게 드러누운 뱀산. 봉하노송은 젊은 시절 고시 공부를 하면서 저 뱀산 기슭에 마옥당이라는 토담집을 지은 바 있다.

"어머니가 아버질 얼른 모시고 오랍니다. 참외하고 토마토 다 씻어 놨다구요."

봉하노송은 주방으로 발걸음을 옮겼다. 그가 앞서고 호걸이 따른다.

"주방에서 참외와 토마토 드신 다음, 어머니와 맥주를 한잔 하기로 했는데, 아버지도 같이 드실거죠?"

"알았다."

"아버지, 술상을 어디다 차리면 좋을까요? 주방이 좋을까요? 안채 거실이 좋을까요?"

"글쎄, 니 편할 대로 해라."

"그러시면 거실에 차리겠습니다. 곧 9시뉴스가 시작될 텐데, 맥주 마시면서 뉴스를 보려면 거실에 차리는 게 낫지 않을까요?"

주방의 출입문을 열며 봉하노송은 한숨을 토해냈다. 오늘 밤 '9시뉴스'에서 또 어떤 뉴스가 쏟아질지 모르는 일이어서 벌써부터 걱정이 됐다.

봉하노송과 호걸이 주방에 들어서니 사각 식탁 위엔 껍질째 자른 토마토와 껍질을 깎아 가지런히 자른 참외가 한 접시씩 놓여 있다. 봉하노송은 안쪽에 있는 식탁 의자에 앉으며 주방 안을 살펴보았다. 개수대가 깨끗했다. 봉하부인이 설거지를 진작 마친 모양이다. 설거지를 끝낸 뒤 토마토와 참외를 손질해 접시에 담아 식탁 위에 올려놓기까지 분주하게 움직였을 것이다. 다리가 불편한데도 바쁘게 움직이는 그미를 훔쳐보며 봉하노송은 또 짧은 한숨을 내뱉었다.

"아버지, 먼저 드시죠!"

호걸은 개수대 쪽 의자에 앉아 봉하노송과 마주보고 있다. 아들의 재촉에 봉하노송은 포크를 들고 토마토 한 조각을 입에 물었다.

"조합장님은 와 돌려 보냈습니까?"

그미가 호걸의 바로 옆 의자에 자리를 잡고 앉으면서 물었다. 봉하노송은 대답이 없다.

"조합장님이 엊그제 통닭을 사들고 와서 독한 마음 먹지말라 캤는데, 그 말이 기분 나빠 그랬는교?"

이번에도 대답이 없다. 봉하노송의 얼굴을 찬찬히 살펴보던 그미가 걱정스러운 눈빛으로 묻는다.

"눈이 충혈 됐네예, 밖에서 울다 들어오셨능교?"

여전히 봉하노송의 입은 굳게 닫혀 있다. 봉하노송은 남몰래 눈물을 흘렸다는 사실을 그미와 호걸에게 들키기 싫었다. 그래서 뜨거운 눈물을 쏟아낼 것 같은 눈물샘을 닫으려고 무던히 애를 썼다. 그런데도 눈물의 흔적을 들킨 것이다.

"퍼뜩 대답 좀 해보이소? 밖에서 울다 들어오셨습니까?"

봉하노송은 애써 눈물을 감추려는 듯 연신 끔벅대던 눈을 천장 쪽으로 돌렸다.

"오늘 따라 참 이상하네예! 말씀도 안 하고, 얼굴은 굳어 있고, 도대체 우째 이러십니까?"

"미안하다. 별일은 없으니 걱정 마라."

봉하노송이 드디어 입을 열었다.

"뭐가 미안타는 겁니까? 당신이 저한테 미안할 께 뭐 있습니까? 집안이 이렇게 된 건 전부 나 때문인데 당신이 저한테 뭐가 미안타는 겁니까? 흐으윽!"

닭똥 같은 눈물이 그미의 눈에서 쏟아졌다. 봉하노송의 눈가에도 눈물이 잔뜩 고였다.

"어머니, 술상 어디다 차릴까요?"

예사롭지 않은 분위기를 바꾸려는 듯 호걸이 의자에서 일어나며 물었다.

"아까요, 주방으로 들어오면서 아버지한테 여쭤봤더니 술상은 제 편할 대로 차리라고 하시던데, 어머니, 술상을 거실에 차리는 게 좋겠죠? 곧 9시뉴스가 나올 텐데, 거실로 가서 맥주도 마시구요. 뉴스도 시청하시죠!"

하지만 그미는 호걸의 말을 듣는 둥 마는 둥 계속 훌쩍거린다.

ⓞⓞ

황혼의 나이에 접어든 이 땅의 여성들 대부분이 그렇듯 봉하부인의 어렴풋한 기억 속에도 보릿고개 시절의 아픔이 남아 있다. 오뉴월의 보릿고개를 넘고 넘던 시절, 집안의 그늘 진 곳 천장에 대롱대롱 매달아 두거나 마루의 시렁에 신주 단지 모시 듯 올려놓던 대소쿠리가 있었다. 그 대소쿠리 안엔 보리밥을 넣어 둘 때가 많았는데, 그미 역시 그 보리밥처럼 거칠고 질긴 여성 이다.

늦가을에 누렇게 익는 벼는 논바닥을 향해 고개를 숙이고 이 맘 때 누렇게 익는 보리는 하늘을 향해 고개를 빳빳하게 쳐들어 야 제격이다. 나날이 뜨거워지는 대지에 잔뿌리를 깊게 박고 서 있는 보리는 가느다란 목을 꼿꼿하게 쳐들고 순식간에 자신의 온몸을 시커멓게 태워버릴지도 모를 오뉴월의 태양을 온종일 노려본다. 그미도 그런 보리같이 강한 여성이다. 적어도 남편인 봉하노송 앞에서는.

광주 노씨 집안으로 시집을 온 뒤 지금까지 40년 가까이 그미 는 세상을 향해서도, 봉하노송 앞에서도 당당하게 살아왔다. 그 랬던 그미가 요즘 남편인 봉하노송 앞에서는 물론이고 심지어 사저 참모진과 비서진 앞에서도 고개를 푹 숙인다. 마치 오뉴월 의 보리처럼 당당했던 봉하부인이 요새는 실바람만 솔솔 불어 도 가슴이 철렁 내려 앉는다. 박차대 게이트가 불거진 이후 그 렇게 자존감이 무너진 그미 때문에 봉하노송의 가슴은 하루에 도 수십 번씩 미어진다.

"아니 어머니, 제가 술상을 차린다는데 왜 그러세요?"

의자에서 일어나 냉장고의 문을 열고 있는 그미를 향한 호걸의 볼멘소리다. 아랑곳없이 그미는 일어선 김에 냉장고 안에서 꺼낸 맥주 세 병을 식탁 위에 올려놓는다.

"술상은 제가 차릴 테니 어머닌 가만 계세요. 다리도 불편하신데, 이거저거 들고 주방과 거실을 왔다 갔다 하실 순 없잖아요."

호걸의 당부에 그미는 방금 전에 앉았던 식탁 의자에 다시 앉았다. 호걸은 찬장에서 꺼낸 맥주잔 세 개를 물로 헹군 뒤 술병과 안주까지 들고 주방 밖으로 나갔다.

주방 안엔 봉하노송과 그미만 남았다. 두 사람 사이엔 침묵만 흐르고 있다. 다만 그미의 훌쩍거림이 이따금씩 이어져 주방 안의 정적을 깼다.

슬쩍슬쩍 그미를 훔쳐보는 봉하노송의 마음은 착잡하다. 시간이 흐를수록 더 무거워지는 그의 머릿속에 지인 K의 얼굴이 스쳤다.

"봉하부인을 예의 주시하셔야 될 것 같습니다. 제가 보기엔 부인께서 삶을 등질 가능성이 매우 큽니다."

지난달 하순, 지인 K가 전한 이 말을 떠올리며 봉하노송은 머리를 조아렸다.

'20분쯤 뒤에 시작될 9시뉴스에서는 박차대 게이트와 관련된 뉴스도 나올 것이다. 집사람의 심기를 건드는 뉴스가 나와서는 안 될 텐데, 참 걱정이 아닐 수 없다. 집사람은 자기 자신을 포함한 가족 중 그 누구도 다시 검찰에 소환되는 일이 없기를 갈망하고 있다. 물론 혈족이나 동지와 참모진 중에서도 더는 구속되는 사람이 없기를 간절히 바라고 있다. 장기간의 스트레스로 인해 집사람의 심리상태는 매우 불안정하다. 그런 상태에서 집사람은 오늘 밤 오랜만에 술을 입에 댄다. 행여 술에 취하더라도 취중에 별일이야 있겠는가만 내가 남몰래 독한 마음을 먹고 끔찍한 일을 꾸미고 있듯 집사람도 속으로 어떤 생각을 하고 있는지 그 누구도 알 수 없다.'

봉하노송은 주방에 좀 더 머물면 자신의 머리가 터질지도 모른다는 생각이 들었다. 그래서 한마디 말도 없이 주방 밖으로 나왔다. 사저 안채와 바깥채 사이에 마련된 작은 뜰인 중정(中庭)에 발을 내디디며 담배를 꺼내 물었다. 담배 연기를 한 모금 깊이 들어 마신 뒤 주변을 둘러보았다. 서재와 비서실의 전등은 모두 꺼졌다. 경호동의 실내만 불이 밝다.

◐.◑

'난 내일 아침에 하늘 가는 길로 나서야 된다. 결코 그런 일은 없겠지만 만약 집사람이 오늘 밤 독한 마음을 먹게 된다면 오랫동안 남몰래 준비해두었던 내 구상은 모두 어그러진다. 그렇다면 이 순간 이후, 난 어떻게 행동해야 되는 건가? 어떤 일이 있어도 오늘 밤 술에 취해서는 안 될 것이다…….'

뒷짐을 지고 중정을 거니는 봉하노송의 머리가 터질 참인데, 호걸이 다가왔다.

"아버지, 얼른 안채로 들어가시죠."

"그래 어머닌 안채로 건너갔나?"

"네, 건너가셨습니다."

봉하노송이 발걸음을 안채 쪽으로 옮겼다. 이번엔 호걸이 앞선다. 호걸의 손엔 흰색 비닐봉지가 들려 있다. 주방 안에서 맥주를 몇 병 더 꺼내 온 모양이다.

현관문을 열고 안채로 들어서니 거실 중앙의 탁자 위엔 조촐한 술상이 차려져 있다. 그미는 침실 쪽의 3인용 소파에 앉아 있다. 봉하노송은 창문 쪽 1인용 소파에 앉았고, 호걸은 현관문 쪽의 분리된 소파를 탁자 앞으로 바짝 당겨서 앉았다.

호걸이 술잔에 맥주를 따라서 봉하노송과 그미에게 한 잔씩 건넸다. 맥주 한 모금으로 입가심을 한 그미가 침묵을 깨트리는 말문을 열었다.

"오늘 낮에도 많이 덥던데, 벌써 초여름인가?"

"아직 양력 오월 하순이라 초여름이라고 하는 것이 옳은지 모르겠습니다만 다음 주 목요일이 음력 오월 오일 단오던데요."

호걸의 대꾸에 그미의 안색은 더욱 굳어졌다.

'다음 주 목요일이 단오라는 소리에 집사람의 안색이 왜 저렇게 굳어진 것일까?'

봉하노송은 그 이유가 자못 궁금했다. 그는 오늘 밤 그 어떤 일이 있어도 술에 취하지 않을 것이라고 속다짐을 해둔 터다. 그렇지만 감정의 기복이 심한 그미의 속내를 어림할 수 없어 애간장이 타들어간다. 마른 입을 축이려는 듯 그는 맥주잔을 들었다.

"방울이 애비야, 혹시 오늘이 음력 사월 며칠인지 아나?"

그미가 이렇게 묻자 호걸은 핸드폰을 켰다. 캘린더 애플리케이션으로 확인할 모양이다.

"다음 주 목요일이 단오라는 건 낮에 텔레비전을 보면서 알았구요. 오늘이 음력으로 사월 며칠인지는 잘 모르겠는데, 어머니 잠깐만 기다려보세요. …… 자, 오늘이 양력 5월 20일이면 음력으로는? 어머니, 음력 사월 스무여드레네요."

"후유!……"

"아니 어머니, 웬 한숨을 그렇게 쉬세요?"

"언제부턴가 내가 시간 개념이 없어서 그런다."

그미의 안색이 방금 전에 굳었던 이유가 이 때문인 듯했다.

거실에서 술자리가 시작된 직후, 갑자기 굳어진 그미의 낯빛 때문에 애가 탔던 봉하노송은 그미의 시간 개념이 없어지기 시작한 시점이 언제인지 헤아려 보았다. 아무래도 그미의 검찰 소환 직전인 지난달 초순 같았다. 그 무렵, 그미는 마치 넋이 나간 사람처럼 행동할 때도 있었다.

"어머니, 내일이 스무아흐레 그믐인데, 그믐날 새벽에도 달이 뜨나요?"

"그믐날엔 그믐달이 안 뜬다. 그믐달은 스무이렛날까지는 새벽에 뜨는데, 그것도 동쪽 하늘에 잠깐 떴다가 동이 틀 무렵에 금세 사라진다. 여보, 제 말이 맞지예?"

그렇게 물었지만 봉하노송은 결장구를 치지 않았다. 그의 입가엔 엷은 미소만 흐른다.

"내가 그믐달을 자주 봤던 때는 방울이 애비 니 젖먹이 때다. 고시 공부에 전념하느라 피골이 상접한 느그 아부지가 자정 무렵에 잠자리에 들라카믄 그때부터 니가 보채면서 울기 시작했는데, 지아비가 주무실라고 하는데 얼라가 울고 보채면 지어미가 우째야 되겠노? 얼라를 데리고 침실 밖으로 나가는 것이 상책이것제? 그래 내는 느그 아부지 주무시라고 니를 등에 업고 일단 마당으로 나갔다. 그 시절, 지금 같은 이런 거실이 어딨노? 방에서 나가면 마루나 토방이고, 마루 밑이 바로 마당이제. 그라고 마당이라는 데가 뭐 봄철하고 가을철엔 상관없겠지만 여름엔 덥고, 겨울엔 춥것제? 그렇지만 우짜겠노? 더운 여름에도, 추운 겨울에도 니가 울면 등에 업고 마당으로 나가야제. 근데 마당에 나간다고 문제가 해결되는 게 아니었다. 누굴 닮아서 그랬는지는 모르겠다만 니 울음소리가 기차 화통을 삶아 먹은 것마냥 크고 우렁찼다. 그런 소리로 니가 마당에서 울어 싸면 느그 아부지는 물론이고 집안 어른들도 죄다 잠을 잘 수가 없었다. 그러니 우짜겠노? 난 어쩔 수 없이 니를 업고 대문 밖으로 나갔제. 근데 집 밖으로 나간다고 해서 일이 끝나는 게 아니었다. 오밤중에 동네를 떠내려보낼 듯 큰 소리로 우는 니를 업고 동네 고샅에 있을 수가 없어 민가가 없는 들판으로 나가 논두렁이나 밭두렁의 밤이슬도 밟고, 흰 눈도 밟을 때가 있었다. 그러다보면 꼭두새벽이 될 때도 있었는데, 그때 첫새벽에 보았던 그믐달, 예쁜 우리 손녀딸 방울이의 눈썹 같은 그믐달을 지금도 내는 잊지 못한다."

"아니 어머니, 갓난아이 때 제가 그렇게 많이 울었어요?"

"말도 마라. 낮밤이 바뀌어 꼭 느그 아부지가 잠자리에 들라카면 울어 쌓는데, 그때는 참말로 환장헐 일이었다."

그렇게 모자간의 대화가 무르익었다. 벌써 두 잔째 술잔을 비운 그미의 얼굴엔 모처럼 화색이 돌았다.

'그래 나도 저기 저 봉하들판 건너 뱀산의 마옥당과 김해 불모산의 암자인 장유암에서 사법시험을 준비할 때, 그믐달을 참 많이 보았다. 사법시험에 합격 한 뒤엔 서울에서도 여러 차례 그믐달을 보았고, 재야 변호사 시절엔 감옥에 수감돼 철창 안에서도 그믐달을 보았다. 대통령이 된 뒤로는 청와대에서 가끔 그믐달을 보았고, 퇴임 후 이곳 봉하마을에 와서도 그믐달을 여러 번 보았다. 몇 달 전부터는 한 달에 두서너 번씩 새벽에 뜬 그믐달을 보았는데, 음력 사월 스무이레인 어제 새벽엔 그믐달이 뜨지 않았다. 그제 오후 늦게 제주도에 내리기 시작한 비가 어제 새벽에 전국적으로 내린 탓이다. …… 내가 하늘 가는 길로 나서는 내일이 바로 음력 그믐날인데, 그믐날 새벽엔 그믐달이 뜨지 않는다. 이론적으로 그믐날의 그믐달은 해가 떠 있는 당일 오후에 진다고 한다. 음력 스무여드레부터 시작된 그믐은 그달 말일까지 이어지는데, 이때는 달이 보이지 않는다. 그러다가 달이 바뀐 다음 달 음력 초하루가 지나면 하늘엔 신월이 나타난다. 신월이란 새로운 달이라는 뜻이다. 이 신월을 일컬어 초승달이라고 하는데, 내 삶은 음력 사월 그믐날인 내일 아침에 여명과 함께 사라진다. 전직 대통령이기에 적어도 5일장을 치르게 된다면 단오 전날인 다음 주 수요일에 영결식을 갖게 될 것이고, 7일장을 치른다면 단오 다음 날인 다음 주 금요일에 영결식을 갖게 될 것이다. 그런데 지금 집사람과 호걸은 그믐달 얘기를 나누고 있다. 두 사람은 분명 내일 오전부터 시작될 길고 긴 장례기간 동안 하늘에 뜰 초승달을 볼 수도 있을 텐데, 만약 초승달을 보게 된다면 어떤 생각을 하게 될까? 내가 왜 사월의 그믐날 동이 트는 새벽을, 부엉이바위에서 몸을 던지는 시점으로 정했는지 그 속뜻을 조금이라도 헤아릴 수 있을까?……'

이런 생각을 하면서 봉하노송은 술잔을 비웠다. 두 잔째다. 취기가 올라온 그의 눈시울이 조금 붉어졌다.

해가 서산 너머로 지고 나면 달이 떠오르는 날이 많다. 음력 초순의 어스름한 초저녁, 서쪽 하늘에 잠깐 얼굴을 내민 초승달은 금세 사라지지만 그 달을 보는 사람은 어마어마하다.

가느다란 초승달은 점점 차올라 음력 중순으로 넘어가면 둥근 보름달이 된다. 온전한 둥근 얼굴로 중천에 뜬 보름달은 초승달 마냥 외롭지 않을 것이다. 정월 대보름달이나 중추절 보름달의 경우, 보는 사람이 부지기수 아닌가.

음력 보름날이 지나 조금씩 이지러져 반달이 된다. 그믐날이 가까워지면 손톱 모양 같기도 하고, 여인네의 깜찍한 눈썹 같기도 한 그믐달로 변한다. 그믐달은 음력 스무이레까지 새벽녘 동쪽 하늘에 잠시 내걸리지만 보는 사람이 적다보니 외롭고 쓸쓸할 것이다. 그믐날엔 깜깜한 밤하늘에 아예 얼굴도 내밀지 못하니 얼마나 애처롭고 가련한가.

그믐달의 달빛은 희미하다. 깜깜한 밤하늘에 떠서 세상을 훤히 비추고 싶겠지만 이지러진 얼굴색은 어두울 뿐이다.

한을 가진 사람에겐 새벽녘 그믐달이 시퍼렇게 날이 선 비수처럼 보일 때도 있다. 한 많은 가슴에 비수를 품고 모두가 깊이 잠든 어두운 골목길을 헤매는 사람의 눈엔 더더욱 그렇게 보이지 않겠는가.

그믐날인 내일 아침, 하늘 가는 길로 나설 봉하노송. 그는 초선 국회의원 시절이던 1988년 5공 비리청문회에서 송곳 같은 질의와 명패 투척 사건 등으로 정치판의 초승달로 떠올랐다.

이후 그의 정치 인생은 부침을 거듭했지만 정치 입문 15년만에 대한민국 정치판의 보름달이 되었다. 2002년 제16대 대통령 선거에서 당선된 그는 만인이 우러러보는 만월이었다.

달도 차면 기운다고 했다. 대통령 임기 5년 동안 그는 반달로 변했고, 퇴임 후엔 그믐달이 되고 말았다.

2009년 음력 사월 스무여드레 밤, 그는 가족과 함께 맥주를 마시고 있다. 그가 맥주 두 잔을 마시는 사이 술자리는 오붓해지고, 그미의 얼굴색은 점점 밝아졌다.

'시간은 3분 전 밤 9시다. 지금쯤 텔레비전을 켜야 9시뉴스를 제대로 시청할 수 있다. 그런데 만에 하나 9시뉴스에서 우리 가족의 비위를 건드는 뉴스가 나온다면 이 오붓한 술자리가 어떻게 될까? 모처럼 밝아진 집사람의 얼굴은 다시 굳어질 것이다. 물론 나는 오늘 밤 9시뉴스에서 어떤 뉴스가 나올지 대충은 짐작한다. 낮에 인터넷 검색을 통해 박차대 게이트와 관련된 뉴스들을 살펴보았기 때문이다. 만약 그런 뉴스들을 접하게 된다면 집사람의 기분은 크게 상할 것이다. 그래서 난 지금 집사람이나 호걸이 텔레비전을 켜지 않기를 간절히 바라고 있다. 생의 마지막 밤, 어찌 나도 9시뉴스가 어떤 뉴스를 다룰지 궁금하지 않겠는가? 오늘을 이승의 마지막 밤으로 정해두긴 했지만 어찌 난들 살고 싶지 않겠는가? 그렇기에 9시뉴스를 보면서 마지막으로 살길을 찾아보고 싶은 생각도 없지 않다. 그렇지만 나는 이미 때가 늦었다고 생각한다. 오늘 밤 내가 해야 될 일은 집사람과 호걸이 걱정과 근심을 잠시라도 던져버리고 편안한 마음으로 잠자리에 들게 하는 것이다.'

이날 우리나라 언론이 다룬 박차대 게이트와 관련된 주요 이슈는 이랬다.

우선은 메이히로 대통령의 절친이자 '왕의 남자'로 불리는 S그룹 천두모 회장에 대한 검찰의 구속영장 청구 시점이다. 검찰의 구속영장 청구가 임박한 천두모 회장의 혐의는 알선수재와 조세포탈 등이다. 다음 주 초 천두모 회장이 구속되면 검찰수사는 박차대 회장 구명 로비 과정에서 천 회장 외 제3의 인물이 있는지에 집중될 것이다.

메이히로 정부의 초대 청와대 민정수석을 지낸 L씨의 재소환 문제도 주요 이슈다. L씨는 박차대 회장의 P실업 세무조사 무마 로비에 가담한 의혹을 받고 있다.

박차대 게이트에 대한 막바지 수사가 경남지역의 정계 인사로 향하고 있다는 점과 봉하노송의 측근인 서화담 의원의 형사처벌 문제도 오늘 주요 이슈다.

9시뉴스에서 이런 뉴스들을 다루게 된다면 불안정한 심리 상태에서 오랜만에 술을 입에 댄 그미가 평상심을 잃을 수 있다. 봉하노송은 이 때문에 걱정을 잡아맬 수가 없다. 그래서 거실의 TV가 켜질까 봐 은근히 걱정이다.

드디어 9시뉴스가 시작될 시간이 다가왔다. 다행스럽게도 그미와 호걸은 텔레비전을 켤 생각이 없어 보인다. 두 사람 모두 취중 대화에 푹 빠져 있는 탓이다.

◎.◎

"방울이 애비야, 저녁 먹기 전에 방울이 애미와 통화하는 것 같던데, 그래 다들 잘 지낸다카더나?"

"네, 잘 있다니 걱정 마세요……."

그미와 호걸이 미국에 있는 며느리와 손주 얘기를 나누자 봉하노송의 귀가 번쩍 뜨였다. 하지만 금세 가슴을 짓찧는 아픔을 느꼈다.

'한국 시간으로 내일 점심 시간 이전에 내가 절명했다는 부고가 미국에 전해지면 며느리와 손주는 허겁지겁 비행기를 타고 귀국길에 오를 것이다. 방울이 녀석이야 아직 나이가 어려서 삶이 뭐고 죽음이 뭔지 모르겠지만 며느리가 받을 충격은 이루 말할 수 없을 것이다. 아무튼 아무 탈 없이 며느리와 손주가 귀국해야 할 텐데……. 방울아, 다시는 나를 보지 못하겠지만 못난 이 할아버지를 오래오래 기억해 줄 수 있겠제? 방울아, 지금 이 할아버지는 니가 많이 보고 싶구나. 정말 보고 싶다, 방울아!……'

분명 피는 물보다 진하다. 가족은 진하디진한 핏줄로 엮였다. 그런데 핏줄로 엮인 살붙이라도 부모자식 사이의 정보다 조부모와 손주 사이의 정이 더 도탑게 느껴질 때가 많다.

'한 다리가 천리'라는 속담이 있다. '한 치 걸러 두 치'라는 속담과 같은 말로 '촌수나 친분은 멀어질수록 더욱 사이가 벌어진다'는 뜻이다. 그럼에도 불구하고 조부모의 손주 사랑이 부모의 자식 사랑보다 더 웅숭깊을 때가 많은 것이다.

조부모의 손주 사랑은 무조건적인 경우가 많다. 조부모가 손주에게 절대적인 사랑을 주는 이유 중의 하나는 대를 이을 뿐만 아니라, 먹고살기 바빠 자식들에게 미처 쏟지 못한 나머지, 이 승에서 같이 할 시간이 적은 손주들이 더욱 애틋해서일 것이다.

나이에 상관없이 부모가 자식을 바라보는 눈높이와 조부모가 손주를 바라보는 눈높이는 분명 다르다. 일반적으로 자식을 바라보는 부모의 마음은 조급하다. 하지만 조부모는 여유있는 눈으로 바라본다. 조부모는 손주가 잘못을 저질러도 좀처럼 손주를 혼내지 않는다. 손주가 잘못을 저질러도 감싸안으려 든다.

예전엔 많은 할아버지들이 수염을 길게 길렀다. 막 걸음마를 뗀 어린 손주가 고사리손으로 할아버지의 긴 수염을 힘껏 잡아당기는 일도 종종 있었다. 눈물이 찔끔 날 정도로 아플 텐데도 철부지 손주를 혼내는 할아버지는 거의 없었다. 조부모의 이런 무진장한 이해와 배려를 싫어할 손주가 어디 있겠는가.

봉하노숭도 손녀 방울이에게 이런 사랑을 쏟아부었다. 어린 방울이가 부모인 호걸 내외한테 혼날 일을 저질러도 그는 "아이구 우리 방울이 괜않다!"라고 하면서 편을 든다. 그러면 방울이는 아장아장 걸어서 닝큼 할아버지의 품안으로 달려들었다.

방울이는 봉하노숭의 첫 손주다. 지난 2004년 1월에 태어난 호걸의 맏이로 올해 여섯 살이다.

세상에 나온 이래 방울이는 잔병치레 없이 무럭무럭 자랐다. 제 나이에 맞게 말귀도 알아들었고, 걸음마도 뗐고, 글자도 익혔다. 젖먹이 시절, 방울이는 낯가림이 심했다. 모처럼 청와대에 찾아온 방울이가 제 엄마와 아빠의 품에서 벗어나지 않으려고 자지러질 때도 있었다. 손녀를 한 번이라도 더 안아보려고 안달복날이 난 봉하노송과 봉하부인은 애간장이 달았다. 낯가림을 거둔 방울이가 겨우 할머니와 할아버지의 품에 안길만 하면 호걸 내외는 청와대를 떠났다. 이럴 때면 봉하노송은 허탈한 기분이 들 때도 있었다.

걸음마를 떼고 말을 배우기 시작할 무렵, 방울이는 틈만 나면 봉하노송과 그미의 품으로 달려들어 재롱을 부렸다. 그럴 때마다 봉하노송과 그미의 얼굴에는 함박꽃이 피었다.

글자를 익힐 즈음, 방울이는 봉하노송과 그미한테 동화책을 읽어달라고 졸라댔다. 읽어주는 동화가 싫증이 나면 방울이는 장난감을 내밀며 같이 놀자고 떼도 썼다. 봉하노송과 그미는 방울이가 생떼를 부려도 죄다 받아들였다.

자식을 키울 때 손에 매를 들지 않은 부모가 어디 있으랴. 봉하노송도 그런 적이 왜 없었겠는가. 그러다보니 봉하노송은 그 옛날 바쁘고 힘들다는 이유로 자식들을 소홀하게 보아 넘겼던 미안한 마음까지 보태 방울이에게 사랑을 쏟았다. 방울이의 손에 사탕 한 개, 과자 한 봉지를 더 쥐어주려고 무던히 애를 쓰기도 했다.

대통령 재임 시절, 봉하노송에겐 세상에서 가장 예쁜 꽃이 오동보동 살이 오른 방울이의 얼굴에 핀 웃음꽃이었다. 방울이와 눈을 맞추거나 손끝의 체온을 느끼면서 그는 얽히고설킨 국정과 씨름하느라 흐트러진 마음을 달랬다.

봉하노송은 방울이가 청와대에 들어오면 목말도 태워주었다. 방울이를 자전거 뒤에 태운 채 청와대 안을 돌기도 했다.

지지난해 9월 중순, 봉하노송과 방울이는 청와대 잔디밭에 마주 앉았다. 그는 방울이의 입에 과자를 한 조각씩 넣어주었다. 그러다 방울이가 과자를 받아먹으려고 크게 벌린 입안에 과자를 넣어 주는 척하다가 슬쩍 자신의 입안에 집어넣었다. 그는 때때로 이렇게 어린 손녀를 상대로 짓궂은 장난을 치기도 했다.

'난 우리 방울이한테 사탕이든, 아이스크림이든, 장난감이든 무엇이든지 다 사주고 싶었다. 네 엄마 아빠가 밥을 안 먹는다고 사탕이나 초콜릿을 그만 먹으라고 널 혼낼 때도 난 네게 사탕도 많이 먹이고 초콜릿도 많이 먹이고 싶었다. 눈에 넣어도 아프지 않을 만큼 예쁘고 언제나 보고 싶은 우리 방울이! 너와 눈을 맞추고 있으면 난 시간이 어떻게 흘러가는지 몰랐고, 멀리 출타했다가도 네가 찾아온다면 귀가를 서두를 때도 있었다. 오리도 세상을 뜰 때는 따뜻한 오리털을 남기고 간다는데 나는 방울이를 포함한 우리 손주들한테 무엇을 남기고 이승을 떠나야 될꺼나? 인간은 자신을 무조건적으로 지지해주고 후원하는 사람이 곁에 있어야 온갖 고난 속에서도 훌륭하게 성장한다고 한다. 그런 지지자나 후원자가 조부모일 수도 있다는데, 나도 손주들을 앞에서 끌어주고, 뒤에서 밀어주는 그런 할아버지가 되어야 할 텐데, 이것 참 면목이 없구나. 이 순간에도 눈에 밟히는 방울아! 너한테 단 한 마디 이별의 말도 없이 이승을 떠날 수밖에 없는 이 못난 할아버지의 말 못하는 사정을 이해해주려무나…….'

봉하노송은 그미와 호걸이 알아차리지 못하도록 거실 안쪽에 있는 컴퓨터용 책상 위의 작은 액자를 살짝 훔쳐보았다. 그 액자엔 봉하노송이 청와대를 방문한 방울이를 목말을 태우고 찍은 사진이 담겨 있다.

방울이가 봉하노송의 어깨 위에 걸터앉아 목말을 타고 만세를 부르는 사진이다. 이 사진은 2007년 9월 29일 청와대 본관 앞에서 찍었다. 당시 호걸은 가족과 함께 청와대를 방문했다. 추석 명절 연휴 끝이었고, 그때 방울이의 나이는 네 살이었다.

봉하노송이 방울이와 함께 찍은 사진이 한두 장이 아니었다. 그런데도 이 사진을 액자에 담아 사저 안채 거실의 컴퓨터용 책상 위에 올려놓은 것은 특별한 사연이 있을 것이다. 그가 첫 손주 방울이의 가장 예쁘고 귀엽던 순간이 바로 그때라고 여겨서 그런 걸까. 아니면 그 동안 방울이와 함께 쌓아 온 수많은 추억 가운데 가장 잊지 못할 순간이 바로 그때라고 여긴 것일까. 앞으로 방울이가 큰 인물로 성장하길 소망하는 바람 때문일까.

겉어림으로 짐작하기란 쉬운 일은 아니지만 봉하노송의 손주 사랑은 혀를 내두를 정도였다. 청와대에 있을 때나 봉하마을에서나 그랬다. 봉하마을 사저에 온 방울이를 자전거 뒤에 태우고 마실도 많이 다녔다. 두발자전거와 세발자전거를 각각 한 대씩 나눠 타고 봉하들판을 함께 내달리기도 했다. 그는 손주들에게 정말로 자상한 할아버지였다.

"어머니, 방울이와 전화 통화를 한 번 해보실래요?"

호걸의 제안에 그미는 반색을 하면서 술잔을 들었다.

"오랜만에 우리 방울이하고 통화를 좀 해보제이."

"어머니, 잠시만 기다려보세요."

호걸이 핸드폰으로 미국에 있는 아내에게 전화를 걸었다. 스피커폰이 켜진 영상통화로 전화가 연결됐다.

"어 여보, 지금 어머니랑 아버지랑 사저 거실에서 맥주를 마시고 있는데, 어머니가 방울이랑 통화를 하시고 싶다네."

잠시 뒤 호걸의 핸드폰 액정에 방울이의 얼굴이 나타났다.

"방울아, 나 아빠야!"

"아빠, 저랑 아까 통화 했잖아요."

"그랬는데, 할머니가 우리 방울이를 무지무지 보고 싶다고 그러셔서 전화를 걸었는데, 방울아! 할머니 바꿔 드릴 테니까 철없는 꼬맹이처럼 굴지 말고 의젓한 숙녀처럼 안부 인사부터 올려야 된다. 여섯 살이나 먹었으니 꼭 그렇게 해야 된다. 알았지?"

"네, 아빠!"

방울이의 대답을 듣고 난 호걸이 손에 들고 있던 핸드폰을 그미에게 건넸다. 방울이의 손에 들려 있는 핸드폰 액정에 벌써 그미의 얼굴이 떠오른 모양이다. 방울이가 먼저 그미에게 안부를 묻는다.

"할머니, 안녕하세요?"

"어 그래 우리 방울이, 할무니가 많이 보고 싶제?"

"네, 저도 할머니가 많이 많이 보고 싶어요!"

"그래 그래 고맙다."

방울이와 통화를 하는 동안 봉하부인은 좋아서 어쩔 줄 모른다. 방울이와 한참 동안 웃으면서 통화를 하고 난 그미가 봉하노송의 얼굴을 힐끔 쳐다본다. 그미와 방울이의 통화 내용을 보고 있는 봉하노송의 얼굴도 환하게 피었다.

"방울아, 이번엔 할아버지를 바꿔 드릴 테니까 통화 좀 해보거레이!"

그미가 건넨 핸드폰을 봉하노송이 손에 들자마자 방울이가 할아버지에게 웃으며 인사한다.

"할아버지, 안녕하세요?"

"어 그래 우리 방울이 잘 있제?"

"네, 엄마랑 잘 지내고 있는데요. 근데 할아버지, 왜 눈이 부었어요?"

"내 눈이 부었다캤나?"

"네, 할아버지 눈이 빨간 토끼 눈 같은 걸요."

"내 눈이 빨간 토끼 눈 같다고?"

"네."

"어 그래 내가 맥주를 몇 잔 마셨더니, 술기운에 눈이 그렇게 된 모양인데, 우리 방울이한테 이 할아버지가 토끼 노래 한곡 불러 줄까?"

"아 네, 그 산토끼 노래요?"

"그래 그래, 산토끼 노래. 자 그럼 잘 들어 보거레이! 산토끼 토끼야 어디로 가느냐 깡충깡충 뛰면서 어디를 가느냐 산고개 고개를 나 혼자 넘어서 토실토실 알밤을 주워서 올테야."

방울이와 영상통화를 하면서 봉하노송은 속울음을 삼켰다.

'엉겁결에 방울이에게 동요 산토끼를 불러주다보니 속이 더 뒤집히는구나. 그래 내일 아침 나는 혼자 집을 나서서 산으로 가야 된다. 나 홀로 인생의 마지막 고개를 넘어가야 된다. 그 고개를 넘어가서 토실토실 알밤을 주워다 집에 전해줄지, 아니면 집안이 폭삭 망할지도 모를 재앙을 전해줄지, 그 뒷일은 내가 알 수 없다. 이런 판국에 우리 방울이에게 동요를 불러주다보니 몸속에서는 피가 거꾸로 솟지만 몸 밖으로는 쏟아낼 수 없다. 그래 우리 방울이 말이 맞다. 사실 난 울어서 눈이 부었고, 울다보니 마치 토끼 눈처럼 눈에 빨간 핏발이 섰을 것이다. 아직 철이 들지 않아 우리 방울이가 내일 아침 이 할아버지가 무슨 일을 저지를지 분간을 못하겠지만 방울아! 내일 엄마랑 동생이랑 아무 탈 없이 비행기를 타고 귀국해야 된다. 한국에 도착한 다음에 차를 타고 공항에서 봉하로 올 때도 아무 탈이 없어야 된다. 방울아! 이 할아버지는 너를 무지무지 사랑한다. 그렇지만 미안한 마음 어찌할 수가 없구나. 네게 작별인사를 이렇게밖에 할 수 없는 게 미안할 뿐이구나…….'

봉하노송은 손녀와 통화를 하면서 속으로만 이렇게 말했다.

"있잖아요, 할아버지!"

생기 넘치는 눈빛으로 방울이가 할아버지를 부르자 봉하노송은 잠시 흐트러진 마음을 되잡았다.

"어, 방울아! 할 말이 있으면 해보거레이."

"궁금한 게 있어요."

"그래 궁금한 게 뭐노?"

"꼭 대답해주실꺼죠?"

"그래 꼭 그렇게 하마. 궁금한 점이 뭔지 물어봐라."

방울이가 어떤 질문을 할지 모른다. 그렇지만 봉하노송은 성심성의껏 대답하겠노라고 속다짐했다. 맏손주와 나누는 이승의 마지막 대화인데 소홀해서는 안 된다는 생각이 들었다.

"저기요, 할아버지!"

"어 얘길 해봐라."

"제가 더 예뻐요, 아님 왕솔이가 더 예뻐요?"

답변하기 몹시 곤란한 질문이었다. 봉하노송은 머뭇거렸다.

왕솔이는 호걸의 둘째다. 사내아이로 작년 5월에 태어났다. 봉하노송과 봉하부인은 모두 네 명의 손주를 두고 있는데, 왕솔이는 유일한 손자다. 올해 두 살이다. 지난해 8월 21일 사저 앞뜰에서는 왕솔이의 백일잔치가 열렸다. 이날 백일잔치엔 호걸의 처갓집 식구들도 참석했다. 호걸의 여동생인 호연은 이 백일잔치에 남편과 함께 두 딸을 데리고 왔다.

"얼른 말해보세요. 할아버지는 왕솔이보다 제가 더 예쁘죠?"

방울이가 채근했다.

"음 할아버지는 말이다. 우리 방울이와 우리 왕솔이가 똑같이 예쁘다고 생각한다."

"치잇! 그런 대답이 어딨어요!"

"그럼 내가 방울이한테 한 가지 물어봐도 되겠나?"

"말해보세요."

"방울이는 엄마를 더 좋아하노, 아빠를 더 좋아하노?"

방울이는 즉답을 피했다.

"저는요, 엄마도 좋구요. 아빠도 좋아요."

방울이의 메뜬 대답이었지만 봉하노송은 흐뭇한 표정을 지었다.

"거봐라, 방울이도 대답하기 참 힘들제? 미국에 있는 엄마는 니 옆에서, 한국에 있는 아빠는 내 옆에서, 너와 나의 영상통화를 지켜보고 있는데, 엄마를 더 좋아한다고 말할 수도 없고, 아빠를 더 좋아한다고 말할 수도 없제?"

"헤헤 할아버지, 맞아요."

"그래 이 할아버지도 그렇단다. 너와 내가 영상통화 하는 걸 혹시 옆에서 왕솔이도 지켜보고 있을지 모르겠는데, 비록 왕솔이가 말귀를 알아듣지 못하는 갓난아이지만 이 할아버지가 왕솔이보다 방울이가 더 예쁘다고 말할 수는 없는 일 아이가."

"헤헤 할아버지 말이 맞다닌까요."

"그래 고맙다. 이 할아버지한테 또 뭘 묻고 싶나? 궁금한 점이 또 없나?"

방울이는 잠시 뜸을 들였다. 무엇인가 묻고 싶은 것이 있다는 표정이다.

"저기요, 할아버지!"

"어 그래, 궁금한 것이 또 있는 모양이구나. 주저하지 말고 얼른 물어보거레이!"

"아빠는 언제 미국에 와요?"

방울이의 뜬금없는 질문에 봉하노송은 말문이 막혔다. 호걸은 지난달 11일 귀국했다. 현재 봉하마을 사저에 머물고 있다. 호걸이 미국의 가족들 곁으로 언제 돌아갈지는 봉하노송은 물론이고 누구도 알 수 없는 탓이다.

"있잖아요. 할아버지!"

"어 그래 말해보거레이!"

"작년 여름에요. 할아버지 집에서 왕솔이 생일파티 했잖아요."

"그건 생일파티가 아니고 백일잔치였다."

"생일파티랑 백일잔치랑 달라요?"

"암 다르고말고."

"어떻게 다른데요?"

"생일파티는 말이다. 매년 태어난 날 하는 거고, 백일잔치는 태어난 지 백일이 되는 날 하는 거제."

"아 그래요. 역시 우리 대통령 할아버지는 짱이에요."

"오늘은 와 할아버지더러 짱이라카노?"

"우리 대통령 할아버진 모르시는 게 없잖아요."

"그래? 허 허 허!……."

봉하노송이 웃었다.

"할아버지!"

"어 그래 얘길 해보거레이!"

"일곱 밤인가 여덟 밤인가 지났는데요."

"지났는데?"

"왕솔이 생일이었거든요."

봉하노송은 정신이 번쩍 들었다. 일주일 전쯤인 지난 14일이 왕솔이의 생후 첫 생일인 돌이었다. 그는 왕솔이의 돌을 새까맣게 잊고 있었다. 그런 사실을 깨닫게 되니 혹시 정신을 꽁무니에 차고 다니는 사람이 아닌가 싶어 자괴감도 들었다.

"할아버지, 저 슬퍼요."

"와 우리 왕솔이 생일날 무슨 일이 있었나?"

"그게 아니구요, 할아버지! 아빠가 없어서 내 동생 생일파티 못했단 말에요! 할아버지, 우리 아빤 언제 미국에 오시냐구요? 흐윽 흐윽! 왕솔이 생일잔치 빨리 해야 된단 말에요, 할아버지! 흐윽 흐윽 흐으윽!"

봉하노송은 할 말을 잊었다. 옆에서 봉하노송과 방울이의 영상통화를 지켜보던 호걸이 참견하려는 찰나 미국에 있는 호걸의 아내 민영의 얼굴이 핸드폰에 나타났다. 민영이 방울이의 손에서 핸드폰을 뺏어 든 모양이다.

"아버님, 죄송합니다."

민영이 다짜고짜 봉하노송에게 인사했다.

"아니 방울이 애미야, 뭐가 죄송하다는 거노?"

"아버님, 방울이가 쓸데없는 소릴 한 것 같습니다."

"난 그렇게 생각하지 않는다. 어린애지만 뭔가 느끼는 게 있어서 그러것제. 그건 그렇고 우리 왕솔이는 어디 아픈 덴 없나?"

"네, 아버님! 덕분에 무럭무럭 잘 크고 있습니다."

"지난주 목요일이 왕솔이 돌이었나 본데 챙기지도 못하고 지나갔으니 할아버지로서 할 말이 없다."

"아버님! 왕솔이 돌잔치가 뭐 중요한 일이라고요. 개의치 마시고 건강 조심하십시오……."

봉하노송과 민영 사이의 영상통화를 지켜보고 있던 봉하부인이 오른손으로 "전화를 바꿔 달라"는 제스처를 보냈다. 봉하노송은 그미에게 핸드폰을 건넸다.

"애미야, 나다."

봉하노송은 봉하부인과 민영 사이에 주고받은 통화 내용을 지켜보며 근래 민영이 겪고 있을 고통을 헤아려보았다.

민영은 호걸의 대학 동문이다. 나이는 호걸이 세 살 위다. 민영은 대학원 재학 중 호걸을 만났다. 민영의 친정아버지는 김해시 H농협 전무 출신이다. 봉하노송과 민영의 친정아버지는 고향만 같을 뿐 사돈을 맺기 전엔 서로 아는 사이가 아니었다.

호걸과 민영은 봉하노송이 제16대 대통령에 당선되던 해인 2002년 12월 성탄절에 결혼식을 올렸다. 민영은 2년 뒤인 2004년 1월에 딸 방울이를 낳았고, 작년 5월에 아들 왕솔이를 출산했다.

방울이가 태어나기 전, 민영은 만삭의 몸으로 서울의 모 병원에서 건강 검진을 받고 출산 준비를 마쳤다. 이때 봉하부인은 몇몇 청와대 인사들에게 "맏손주가 곧 태어납니다. 순산했으면 좋겠어요. 호호호!"라고 임박한 출산 소식을 전하며 흥분을 감추지 못했다.

2004년 1월 14일 청와대는 "대통령의 아들 호걸 씨의 부인 민영 씨가 새벽 2시 30분경 건강한 딸을 출산했다"고 발표했다. 비로소 봉하노송은 할아버지가 되었고, 봉하부인은 할머니가 되었다.

봉하노송은 2004년 신년 기자회견 도중 한 기자가 맏손주 출산을 축하하는 인사를 전하자 "모처럼 기쁜 일이 생겼습니다. 올해는 좋은 일이 계속됐으면 좋겠습니다"라고 화답했다.

방울이가 태어난 그해 1월 14일은 공교롭게도 봉하부인의 쉰일곱 번째 생일이었다. 그미의 생일은 음력 섣달 스무사흘 날이다. 그미는 음력으로 생일을 쇠는데, 방울이의 생일과 겹친 덕분에 '맏손주'한테서 직접 큰 생일선물을 받은 셈이다.

봉하노송의 대통령 당선자 시절인 2003년, 그미의 생일은 양력 1월 29일이었다. 그런데 그날은 봉화노송과 그미의 결혼기념일이었다. 해서 그미는 생일과 결혼기념일 축하인사를 한꺼번에 받았다.

방울이가 태어난 지 사흘 뒤, 봉하노송과 봉하부인은 산모인 민영이 입원해 있던 서울의 모 병원을 방문했다. 봉하노송과 그미는 맏손주 방울이를 번갈아 안아보면서 난생처음 손주를 본 기쁨을 만끽했다.

보름 뒤인 2004년 2월 초, C일보는 민영이 자신의 미니 홈페이지를 열어 가족들의 사진과 사생활의 일부를 공개했다고 보도했다. 민영이 자신의 홈페이지에 올린 사진 중에는 봉하노송과 봉하부인이 갓 태어난 방울이를 안고 흐뭇해하는 장면이 담긴 사진도 포함돼 있었다. 그러나 그 사진들은 급히 삭제됐다.

민영은 홈페이지에 자신의 프로필과 함께 딸의 모습, 신혼여행 사진, 남편의 해외출장 사진 등 100여 장의 사진을 올렸다. C일보의 보도를 본 누리꾼들이 미니 홈페이지로 몰려들자 당황한 민영은 육아일기와 사진 등 상당수 콘텐츠를 삭제했다.

C일보의 독자 의견란에는 "우리 사회가 점점 민주화가 되어서 이런 것도 가능한 것!"이라는 긍정론도 있었다. 하지만 "온 집안이 총선에 미쳤구먼!"이라는 비방 글도 있었다. 일부 누리꾼이 민영의 사생활을 두 달 뒤인 4월 15일에 치러질 제17대 총선과 연관이 있는 것처럼 비방했다.

이렇듯 민영의 신혼생활은 시아버지인 봉하노송의 대통령 재임 시절과 겹쳐 결코 평범하지 않았다. 봉하노송의 대통령 퇴임 이후에도 그미는 평범하지 못한 삶을 강요받았다. 박차대 게이트 발생 이후, 민영의 삶은 남편 호걸의 경우처럼 고통의 연속이다.

지난달 호걸은 한국에 들어왔다. 그 뒤 민영은 미국에서 혼자 방울이와 왕솔이를 키우고 있다. 지난달 10일, 민영은 미국 샌디에이고의 집까지 찾아온 J일보 기자와 현관문을 사이에 두고 두 차례 전화 통화를 했다.

"남편은 박차대 회장이 봉하노송의 조카사위에게 송금한 500만 달러의 실제 주인이라는 의심을 받고 있습니다."

기자의 이런저런 질문에 민영은 이렇게 대답했다.

"저는 모릅니다. 애기아빠가 박 회장의 돈을 안 받았다고 하니 저는 그렇게 믿을 뿐입니다."

집요하게 질문을 늘어놓던 기자는 이렇게 말했다.

"얼굴을 보면서 얘기하면 안 될까요?"

"제가 얼마나 괴로운지는 기자님도 짐작할 것으로 생각합니다. 기자님, 우리는 죄인의 가족이 아닙니다. 애기아빠가 죄를 지었다고 밝혀진 것은 아니지 않습니까?"

집 현관문 앞까지 찾아 온 J일보 기자와 이런 전화 통화를 하면서 민영은 펑펑 울었다.

산도 설고, 물도 선 이국땅에서 민영은 남편도 없이 홀로 어린 두 아이를 돌보고 있는 터다. 이런 상황인데 J일보 기자는 샌디에이고에 있는 호걸의 자택 앞에서 적어도 이틀 동안 잠복 취재를 했다. 그렇게 해서 작성한 기사를 미주 지역의 매체인 'KD'에도 게재했다. KD는 J일보와 관련된 미주의 한인 미디어 정보 포털이다. KD의 지난달 10일자 기사의 일부다.

민영 씨는 전날 밤 미니밴을 몰고 나갔다가 이날 차를 다시 몰고 집으로 돌아왔다. 민영 씨는 남편의 행방에 대해 한국이나 미국 어딘가에는 있지 않겠느냐고 말해 호걸 씨가 소환을 받고 이미 한국행을 택했음을 암시했다.(인터뷰는 민영 씨가 문을 열지 않아 현관문을 사이에 두고 진행됐다.)…….

잠복 취재를 했던 J일보 기자는 울먹이면서 인터뷰에 응한 민영에게 이런 질문도 던졌다.

"호걸 씨가 스탠퍼드대학 MBA 과정 당시 호화생활을 한 것으로 알려져 있습니다. 어떻게 생각하십니까?"

"호화생활을 한 것은 절대 아닙니다. 1억 원으로 알려진 폭스바겐 투아렉은 2003년형 중고를 만 달러에 산거구요. 3천6백 달러의 렌트비는 남편 회사의 주재원 지원비로 충당한 것입니다."

"아 그래요. 그럼 지금 심정은 어떻습니까?"

"아이들이 걱정 됩니다. 남편은 전직 대통령의 아들이라는 신분 때문에 그렇고, 저는 전직 대통령의 며느리라는 신분 때문에 이런 상황을 겪고 있다고 생각합니다. 감내하겠습니다."

현직 대통령인 메이히로가 전직 대통령인 봉하노송을 상대로 벌이고 있는 공세가 전방위적으로 확대된 지 꽤 오래다. 칼자루를 쥔 현직 대통령의 공격에 전직 대통령은 속수무책이다. 이런 상황에서 언론은 물 만난 고기 마냥 날뛰었다. 마치 권력의 주구 또는 금력의 시녀처럼 말이다. 메이히로 정권에 빌붙어 전직 대통령의 처자식은 물론이고 사돈의 팔촌까지 샅샅이 뒤졌다.

이 때문에 호걸과 민영 등 봉하노송의 가솔이 감내해야 될 고통은 혹독했다. 봉하 사저의 참모진 등 측근들의 처지도 마찬가지였다. 영락없는 고래 싸움에 새우 등 터지는 꼴이다.

호걸이 미국 유학길에 오른 것은 지난 2006년이다. 그가 입학한 곳은 스탠퍼드대학 MBA, 즉 경영학 석사과정이다. 그해 9월 개학에 맞춰 호걸 내외는 겨우 배뚤배뚤 걷는 세 살배기 딸 방울이와 함께 미국으로 떠났다. 유학길에 오르면서 호걸은 학비와 생활비 등은 자비로 부담할 것이라고 밝힌 바 있다. 박차대 게이트 발생 이후, 호걸은 일부 언론과의 인터뷰에서 "집 전세비 등을 빼서 마련한 2억 원으로 2006년 6월부터 2008년 8월까지 유학경비를 충당했고, 이마저도 쓰고 남았다"고 밝혔다.

그러나 언론은 '수입도 없는 유학생이 골프를 치고 고급차를 몰고 다닌다'고 비난했다.

호걸 씨의 미국 유학 생활이 의문투성이다. 검찰수사 정황, 언론 인터뷰 등을 종합해보면 호걸 씨는 2년여 간의 미국 유학생활 동안 뚜렷한 수입이 없는데도 고급 주택에서 살면서 골프를 치는 등 남부럽지 않은 생활을 했다.

언론은 이런 식으로 인신공격을 하면서 호걸을 박차대 게이트와 관련된 범죄자로 엮으려고 혈안이 돼 있었다. 그렇지만 오늘까지 호걸을 포함한 봉하노송의 식솔 중 구속된 사람은 없다.

'방울이 애미야, 고맙고 미안하다. 평범한 시아버지를 만났더라면 이런 고통을 당하지 않아도 되고, 방울이의 돌잔치도 번듯하게 치렀을 텐데……. 그래 내가 염치도 없고 면목도 없다만 핸드폰 영상으로 왕솔이의 얼굴을 꼭 한 번 보고 싶은데 안 되겠나?'

봉하노송은 오늘 밤 왕솔이의 얼굴을 보지 않고 이승을 떠난다면 그 한이 구천에 사무칠 것 같다는 생각이 들었다.

'왕솔아! 이 못난 할아버지 때문에 집안 식구들이 네 돌잔치를 챙길 겨를이 없었나 보다. 정말 미안하다. 돌잔치도 챙겨주지 못한 이 할아버지를 용서해다오!'

봉하노송이 흥건하게 젖은 속울음으로 전하는 손자에 대한 미안한 독백은 계속 이어졌다. 속울음이 길어질수록 왕솔이를 보고 싶은 마음은 더욱 사무쳤다. 그런데도 왕솔이의 얼굴을 보여달라고 대놓고 말할 수도 없는 노릇이다. 내일 아침에 감행할 거사를 가족들이 눈치를 채서는 안 될 일인데다 현재 봉하부인의 손에 핸드폰이 들려 있는 탓이다.

"어머님, 죄송한데요. 왕솔이가 잠에서 깼나 봅니다. 안방에서 우는 소리가 들리네요!"

"그러면 얼른 가봐야 안 되겠나?"

"네, 어머님! 그럼 안녕히 주무세요."

"어 방울 애미야! 힘들더라도 잘 견뎌야 된데이."

"네, 저는 걱정 마시구요. 어머님, 건강 유의하세요!"

봉하노송이 왕솔이의 얼굴을 핸드폰 영상으로 한 번 보여달라는 말을 차마 입 밖으로 꺼내지 못해 애를 태우는 참인데, 민영이 전화를 끊었다. 봉하부인이 호걸에게 핸드폰을 건넸다.

'엉겁결에 방울이와 며느리한테 작별인사는 했다. 핸드폰 영상으로 왕솔이의 얼굴을 끝내 보지 못했지만 그래 방울이 애미야! 우리 두 손주 건강하게 잘 키워다오. 그리고 내일 부고를 받더라도 아이들을 데리고 아무 탈 없이 귀국해야 된다. 방울이 애미야, 난 널 믿는다!'

아쉽지만 이렇게라도 미국에 있는 호걸의 식구들과 마음속으로 작별인사를 마친 봉하노송이 시간을 확인했다. 벌써 밤 9시 20분경이다. 9시뉴스가 중반으로 치닫고 있을 쯤이다. 호걸이 뉴스를 보면서 맥주를 마시자고 했던 제안을 까먹은 모양이다. TV를 켤 생각이 없어 보인다.

"어머니, 한 잔 더 하실래요?"

호걸이 봉하부인의 빈 술잔에 맥주를 따랐다.

"아니 어머니, 무슨 또 걱정거리가 있으세요?"

"미국 식구들이 걱정 돼 그런다."

"어머니, 제 처가 보기보단 강합니다. 그러니 걱정 마세요."

그미는 호걸이 술잔에 따라 놓은 맥주를 벌컥벌컥 들이켰다. 목이 몹시 타는 모양이다.

◦◦

"띠리띠리띠리 띠디리리 띠디리리 띠디리리……."

호걸의 핸드폰이 울렸다.

"어 호연아!"

호걸의 여동생 호연의 전화다.

"어 미국에 있는 느네 언니와 방울이랑 통화를 좀 하느라고!"

호연이 호걸의 핸드폰이 왜 계속 통화 중이었는지 물은 듯하다.

"9시뉴스? 아차차 내가 깜박했구나. 뉴스를 보면서 맥주를 마시기로 했는데……. 어, 지금 아버지랑 어머니랑 거실에서 맥주를 마시고 있거든. 뉴스에 뭐가 나왔는데? 어 …… 어머닐 다시 검찰에 소환하지는 못할거야. …… 아참 걱정 말라니까! 에잇, 그럴 리가 있나!"

호걸과 호연의 전화 통화에 귀를 기울이고 있던 봉하부인의 얼굴이 일그러졌다.

"글쎄 걱정 말라니까! …… 그럴 리가 없다고 했잖아! ……
어 그래. …… 그래 어머니 바꿔줄게, 잠깐만! 어머니, 전화 받
아 보세요!"

호걸이 건넨 핸드폰을 그미가 받았다.

"어 나다. …… 난 괜않다. …… 아버지도 괜않는데 그래 병원
에서 퇴원한 뒤로 어때 몸은 괜않나?"

호연은 최근 병원에 입원한 바 있다. 박차대 게이트 발생 후
검찰에 소환돼 조사를 받는가 하면, 계좌 내역을 추적당하는 등
모질게 시련을 겪고 있다. 해서 호연의 건강은 매우 좋지 않다.

호걸이 리모컨을 찾아 들고 거실 벽면에 있는 TV를 켰다. 9시
뉴스가 나왔다.

올해 들어 상장폐지된 코스닥 기업은 모두 서른 곳, 코스닥
시장에서 진행되고 있는 대규모 상장폐지를 계기로 자신들의
권리를 되찾고 회사도 살리겠다는 소액주주 운동이 본격화되
고 있습니다.

퇴출이 확정된 코스닥 상장사 소액주주들이 단단히 뿔이 나
소송은 물론이고, 아예 경영권까지 내놓으라며 똘똘 뭉치고

있다는 뉴스다. 이어진 뉴스는 메이히로와 관련된 청와대 소식이다.

　메이히로 대통령은 오늘 제21회 중소기업 주간의 마지막 행사로 중소기업인 400여 명을 청와대로 초청해 어려운 상황에서 최선을 다하고 있는 중소기업인들을 격려했습니다. 메이히로 대통령은 중소기업인들이 지속적으로 기술을 개발하고 저탄소 녹색성장 산업에도 앞장서 달라고 당부했습니다.

TV화면에 메이히로의 얼굴이 나오자 봉하노송의 눈이 곤두섰다. 이승의 마지막 날, 메이히로의 얼굴을 TV로 본 것이다. 가슴 속에서 울화통이 터졌는지 그는 술잔을 들었다.

　눈 위의 혹인 메이히로의 얼굴이 TV에 나오자 호걸의 눈빛도 심상치 않다. 거칠어진 그의 눈에 적개심이 가득했다.

　봉하노송과 호걸이 TV화면을 주시하자 호연과 통화를 하고 있던 봉하부인이 TV화면에 시선을 고정시켰다. 눈이 시린 뉴스를 흘겨보느라 그미는 핸드폰에서 흘러나오는 호연의 목소리를 귓전으로 듣는 둥 마는 둥 했다.

　올여름, 유난히 견디기 힘들 것 같습니다. 예년보다 무덥고

비도 많이 올 거라고 기상청이 예보했습니다.

'메이히로가 녹색성장에 앞장서 달라고 당부'하는 뉴스에 이어 '올 여름은 예년보다 무덥고 장마가 일찍 시작된다'는 뉴스가 나오자 봉하부인은 전화 통화에 집중했다. 봉하노송은 계속 이어지는 TV뉴스를 시청하면서도 모녀간의 전화 통화에 귀를 세웠다.

"애들은 잘 있나? …… 목 서방도 별고 없제? …….."

2003년 2월 결혼한 호연과 목 서방은 2005년 미국으로 건너갔다. 목 서방은 뉴욕대 로스쿨에 입학했고, 출산을 위해 잠시 귀국한 호연은 2006년 6월, 서울에서 둘째 딸을 출산했다.

2004년 친손녀에 이어 외손녀를 본 봉하노송은 '딸딸이 할아버지'로 통했다. 그해 그는 공사석을 가리지 않고 손녀 얘기를 자주 꺼냈다.

2004년 11월, 봉하노송은 MBC 라디오의 한 프로그램에 출연했다.

"대통령님, 어떤 때 행복을 느끼십니까?"

프로그램 진행자가 이렇게 묻자 봉하노송은 이렇게 대답했다.

"안 풀리던 일이 딱 풀릴 때 행복을 느낍니다."

"실타래 같이 뒤엉킨 국정 현안을 하나씩 풀어가면서 행복을 느끼실 듯한데, 올해 친손녀도 보시고, 외손녀도 보셨죠? 손주들도 대통령님께 큰 기쁨과 행복을 전해 줄 것 같은데요?"

"아 물론이죠. 손주들과 함께 있을 때는 정말이지 순간순간에 아주 큰 기쁨을 느끼는데요. 요새 가장 행복한 때는 손주들과 함께하는 시간입니다."

그 무렵, 봉하노송과 봉하부인은 주말이면 아들 내외와 딸 부부를 청와대 관저로 불렀다. 두 손녀와 즐거운 시간도 보냈다. 주말이 아닌 주중에도 손녀들이 관저에 들어오는 경우도 있었다.

봉하노송의 각별한 손녀사랑은 친손녀와 외손녀의 구분이 없었다. 친손녀 방울이처럼 외손녀 두 명을 자전거에 연결한 유모차에 태우고 봉하마을의 도로와 산길도 달렸다.

이 순간, 봉하노송은 외동딸 호연과 통화를 하고 싶은 마음이 간절하다. 그미에게 "전화 좀 바꿔달라!"고 말하고 싶다. 그런데도 그 말을 입 끝으로 옮기지 못했다.

봉하노송은 봉하부인과 1973년 1월 29일 결혼했다. 그의 나이 스물여덟 살 때였다. 그해 맏자식인 아들 호걸이 태어났다.

2년 뒤인 1975년 딸 호연이 태어났다. 그해 4월, 봉하노송은 제17회 사법시험에 합격했다. 그때 그의 나이는 서른이었다.

떡두꺼비 같은 아들 호걸이 태어났던 1973년, 그해 봉하노송의 삶은 매우 힘들었다. 신혼살림을 차렸지만 생활은 매우 곤궁했고, 앞날은 기약할 수 없었다. 그럴 때 호걸은 봉하노송과 봉하부인의 삶에 기쁨을 주었고, 가정에 생기를 불어넣었다.

반면 외동딸 호연이 태어난 1975년은 봉하노송이 입신출세의 길에 올랐던 해다. 청운의 뜻을 세우고 불가능에 도전한 그가 몇 차례의 고배 끝에 사법시험에 합격했던 해다. 봉하노송은 호연을 '복덩이 딸'이라고 여겼다. 그래서 호연을 금이야 옥이야 키웠다.

봉하노송도 자식 농사는 버거웠다. 호연이 서울에서 여고를 졸업한 뒤 재수를 할 때다. 봉하노송과 봉하부인 사이엔 이런 언쟁도 벌어졌다.

"호걸이 아버지, 나 좀 봅시데이."

"와? 급히 사무실에 나가봐야 되는데, 무슨 일 있나?"

"당신, 정말 해도 해도 너무하는 거 아닙니꺼?"

그미의 지청구가 시작됐다.

"이날 입때까지 단 한 시간이라도 애들 교육 문제로 깊이 고민해본 적 있능교?"

"와 없겠노? 우리 호연이가 요즘 재수를 하느라고 무척 힘들어 하는 것 같아 어제 사무실서 고민을 좀 해봤다."

"글쎄 어떤 고민을 우째 했다는 겁니까?"

"내가 애들 교육을 잘시켰나, 몬시켰나 고걸 고민해봤다."

"애들 어려서부터 당신이 교육을 어떻게 시켰는지 아십니까?"

"알제, 우리집 애들 만큼은 학교 성적의 노예가 되도록 방치할 수는 없다고 생각해서 맨날 놀렸다. 근데 고게 뭐 잘못 됐나?"

"애들이 초등학교 다닐 때 우쨌는지 아시능교?"

"뭘 우쨌는데?"

"등교하던 아이들을 끌고 강원도로 놀러간 적도 있지예?"

"입시 공부에 짓눌려 살면 인성 발달에 큰 문제가 된다는 확신 때문에 그랬던거다."

"그러면서도 내가 애들한테 제발 공부 좀 하라고 소리치면 당신이 날 더러 뭐라캤습니까?"

"뭐라캤는데?"

"호걸아, 호연아, 공부는 못해도 괜않다. 아픈데 없이 건강하게만 자라면 된다. 공부를 안 해서 니들 인생에 문제가 생긴다면 그땐 이 아빠가 책임지마. 뭐 이렇게 호언장담을 했는데, 그래 앞으로 애들 인생을 어떻게 책임질랍니까?"

봉하노송은 대답을 내놓지 못했다.

"대학 1학년 마치고 군대에 간 큰놈은 입대 전에 간신히 4년 제 대학에 들어갔고, 작은놈은 별로 쎄지도 않은 대학에 지원했다가 떨어져 재수하고 있는데, 이 일을 앞으로 우째할랍니까?"

봉하노송의 대꾸가 없자 봉하부인은 혼잣말을 중얼거렸다.

"그래 당신 닮았으면 애들이 공부를 잘 할 텐데, 날 닮아 공부를 못하는 모양인데, 둘 다 이 애밀 닮아 머리가 돌이가?"

그렇게 자책을 늘어놓던 봉하부인의 지청구가 다시 쏟아졌다.

"당신이 아이들한테 좀 더 신경을 썼더라면 이 꼴은 아닐 것 아닙니까?"

"난 그리 생각지 않는다. 이 정도로 커 준 우리 애들을 난 늘 고맙게 생각한다."

"뭐가 늘 고맙다는 겁니까?"

"생각을 좀 해봐라. 두 놈 다 나보다 키가 크다. 또 두 놈 다 몸도 마음도 건강하다. 공부는 별로지만 두 놈 다 건전한 시민이 되는 데는 아무 지장이 없다. 안 그렇나?"

봉하부인은 대답 없이 한숨만 내쉬었다.

"내도 우리 애들이 기왕이면 영화배우처럼 잘생긴 얼굴로 태어나길 바랬다. 근데 그건 과한 욕심이었다. 당신도 좀 생각을 좀 해봐라. 나도 그라고, 당신도 그라고 생김샐 생각하면 영화배우처럼 잘 생긴 얼라가 태어나겠나? 얼토당토않은 욕심 아이가?"

봉하부인은 어처구니가 없다는 표정을 지었다.

"두 놈 다 생김새도 그렇지만 목소리도 나를 닮았다. 심지어 내 이마의 한일자 주름까지 닮았다. 그러니 내가 애들을 탓할 건덕지가 어딨겠나?"

지청구를 속사포처럼 쏟아내던 봉하부인의 입이 굳게 닫혔다.

"내도 애들한테 아무 할 말이 없다. 내가 무슨 불만이라도 토로하려고 나서면 아 이 녀석들이, 그건 아버질 닮아서 그런 거라고 쏘아부치니 내가 더 이상 무슨 말을 할 수 있겠노? 허허허!……."

그런 언쟁을 벌인지 10여 년이 지난 뒤, 봉하노송의 대통령 취임 직전에 가정을 꾸렸던 호걸과 호연이 미국으로 건너갔다. 호걸은 자신의 유학을 위해 처자식을 데리고 미국으로 갔고, 호연은 유학을 떠나는 남편을 따라 딸과 함께 미국으로 향했다.

지난해 2월, 봉하노송은 청와대에서 당당하게 걸어 나왔다. 친인척 비리로 임기 말에 큰 홍역을 치른 대계거송 대통령이나 후광거송 대통령과 달리 그는 시쳇말로 '죽지 않고 살아서' 청와대에서 나왔다. 그런데 퇴임 뒤 15개월 만에 역사의 뒤안길에 몸을 던져야 되는 상황이다.

"아버질 바꿔달라고? …… 어! 잠깐만 기다려봐라, 아버지 바꿔 드릴 테니까!……."

"호연이 전화를 바꿔달라"고 했다며 봉하부인이 봉하노송에게 핸드폰을 넘겼다.

"어 아빠다."

"아빠, 많이 쇠약해지셨다던데, 요즘 몸은 어떠세요?"

"어, 난 괜않다. 넌 요새 어떠노? 몸조리는 잘하고 있제?"

"네, 병원에 다녀온 뒤로 몸이 많이 좋아졌네요."

"그래, 애들은 아픈 데 없이 잘 크제?"

"네, 다행히 애들은 아무 탈 없이 무럭무럭 잘 크고 있네요."

봉하노송은 딸 호연에게 사위 목 서방의 안부를 물으려다 입을 닫았다. 며칠 전 변호사인 목 서방과 전화 통화를 한 바 있다.

"노송님, 목 변호사 전화 연결됐습니다."

김경남 비서관이 봉하노송에게 핸드폰을 건넸다.

"목 서방, 잘 지내나?"

"네, 어르신 잘 지내고 있습니다."

목 서방은 봉하노송을 '장인어른'이나 '아버님'이라 부르지 않고 '어르신'이라 부른다. 장인과 사위의 관계인데도 두 사람은 여태껏 전화 통화를 단 한 번도 한 적이 없다. 며칠 전의 전화 통화가 처음이었다. 아마도 봉하노송이 살아생전에 사위와 연결한 처음이자 마지막 전화 통화일 성싶다.

결혼식 직후, 목 서방의 처가는 청와대였다. 봉하노송이 청와대에 머무는 동안, 목 서방은 가능하면 청와대에 가지 않았다. 꼭 가야 될 특별한 일이 생기면 어쩔 수 없이 정장을 차려입고 청와대에 들어갔다. 그는 처가와 거리를 두려고 작정을 했기 때문에 옷차림에 자신의 마음을 담기도 했다. 전직 대통령들이 친인척 문제로 고초를 겪는 걸 여러 번 봤기에 목 서방은 스스로 절제했다.

두 사람은 장인과 사위 간의 정을 쌓을 기회가 별로 없었다. 마주 앉아 술 한 잔 마셔본 적도 없다. 봉하노송의 퇴임 후, 그런 기회가 잠시 있었다. 하지만 박차대 게이트와 관련된 사건들이 잇따라 터지면서 그런 기회도 사라졌다.

목 서방의 첫 직장은 법무법인 HW였다. 2005년 그는 미국으로 유학을 떠났다. 미국 대형로펌에서 1년간 근무한 뒤, 2007년 귀국했다. 하지만 그를 받아 주는 국내의 로펌은 없었다.

목 서방이 HW에 입사했던 2003년 1월, 그때도 대통령의 사위라는 신분상의 특수성 때문에 그에 대한 주변의 입방아가 심했다. 그가 사법연수원 수료 후, 국내에서 활동하지 않고 미국 대학의 로스쿨에 가려고 유학을 고려한다는 소문도 항간에 나돌았다.

봉하노송에게 폐를 끼치기 싫었던 목 서방은 장인의 퇴임에 맞춰 변호사인 친구와 함께 쓸 사무실 마련에 나섰다. 그런데

문을 연 공동 변호사 사무실에 친구가 들어오지 않았다. 친구네 변호사 사무실 직원들이 목 서방과 사무실을 같이 쓰면 자신들에게 무슨 변고가 생길지 모른다고 겁을 먹은 탓이다. 박차대 게이트 발생 후, 실제로 목 서방과 관련된 의혹들이 언론을 통해 쏟아졌다. 요즘 그는 혼자 쓸 변호사 사무실을 꾸리느라고 정신없이 바쁜 상황이다.

봉하노송의 대통령 임기 5년 동안 목 서방은 세상의 감시를 받았다. 장인의 대통령 퇴임 후엔 자유로워질 줄 알았지만 오히려 전보다 그를 지켜보는 눈들이 더 많아졌다. 해서 목 서방은 물론이고 호연도 생활의 자유가 없다. 손발이 풀려서 돌아다닐 수 있다고 해서 자유로운 것은 아닐 것이다. 목 서방 부부는 온 국민의 따가운 시선에 갇혀 있다. 두 사람은 수형 생활이나 다름없는 삶을 오랫동안 이어왔다.

박차대 게이트 이후, 메이히로 정권은 목 서방과 호연을 일정한 틀에 옭아맸다. 두 사람을 다양한 명목으로 소환했고, 그때마다 목 서방 부부는 세상 사람들의 혹독한 비난을 받았다.

"목 서방!"

"네, 어르신!"

"잘 견뎌주게, 그리고 우리 딸 호연이 잘 부탁하네!"

목 서방의 대꾸가 늦어졌다. 뜬금없이 전화를 걸어서 이런 말을 던지는 봉하노송의 속마음을 몰랐기 때문이다. 그 역시 봉하노송처럼 변호사인데, 난생처음 연결된 전화 통화를 하면서 한 마디 한 마디 조심스럽게 내뱉는 장인의 말을 허투루 들을 리 만무했다.

"네, 어르신, 제 역할은 제가 다하겠습니다."

"목 서방!"

"네, 어르신!"

"고맙네!……."

이렇게 전화 통화를 한 사실을 목 서방이 호연에게 전하지 않은 듯하다. 목 서방이 그 사실을 전했다면 호연이 괜한 생각을 할 수도 있다. 아버지가 이상한 행동을 할지 모른다고 눈치챌 수도 있는 일이다.

"아빠, 죄송해요!"

호연이 울먹이는 소리로 이렇게 말했다.

"아니, 뭐가 죄송하다는거노?"

"정말 죄송해요, 아빠!"

눈물이 배어 있는 호연의 목소리에 봉하노송은 할 말을 잊었다.

'사랑하는 우리 딸, 호연아! 내가 대통령이 되지 않았다면 너도 이렇게 힘들게 살지는 않을텐데, 미안하다, 호연아! 아빠는 내일 네 곁을 떠난다. 너와 영원히 이별해야 된다. 길게 통화를 하면서 이것저것 묻고, 위로도 하고 싶다만 통화가 더 길어지면 금방 쏟아져 나올 것 같은 눈물을 내가 참지 못할 것이다. 부디 남편 내조 잘하고 아이들 잘 키우길 바란다. 너 역시 내일 오전에 하늘이 무너지는 비보를 듣더라도 봉하마을까지 조심조심 내려와야 된다. 우리 딸 호연아! 미안하다! 정말 미안하다! 그리고 고맙다! 아빠와 딸이라는 천륜을 맺고 너와 함께 살아온 삼십여 년의 세월 동안 이 아빠는 참으로 즐겁고 행복했다.'

북문이
뚫려

골병이
들고

봄날이 가고 있다. 가지 말라고 붙들어도, 가지 못하게 막아서도, 기어코 봄날은 갈 것이다.

봉하노송은 안채 거실에서 외동딸 호연과 통화를 하던 중 다시 또 이명이 고막을 찢어버릴 듯 커지자, 현관문을 열고 앞뜰로 나왔다. 술기운이 쫙 퍼진 몸이 신선한 공기가 고픈가 보다. 무의식중에 입과 코가 활짝 벌어졌다. 본능적으로 봄숨 예닐곱 모금을 들이마셨다. 풀냄새와 꽃향기가 뒤섞인 봄숨을 몇 모금 마시고나니 살 것 같다는 생각이 들었다. 이명도 잦아들었다.

가는 봄날에 피고 지는 낯익은 꽃향기가 몸속 깊은 곳까지 퍼진 듯했다. 숭어리 꽃송이에 주렁주렁 슬픔을 매달고 있는 듯한 아카시아의 꽃향기, 뾰족한 가시가 돋친 가슴을 붙안고 훌쩍훌쩍 울고 있는 듯한 찔레꽃의 꽃향기도 온몸에 퍼졌다.

계절의 여왕 오월 하순, 우거진 초록에 엉겨서 온갖 꽃들이 선잠이 든 밤. 술이 취한 봉하노송의 눈엔 봄꽃이 서글퍼 보였다. 안채에서 흘러나온 희미한 불빛을 받으며 밤잠을 청하고 있는 봄꽃들이 서글픈 눈빛으로 그를 바라보는 것 같았다.

오월의 끝으로 흐르는 시간이라서 그런지 봄꽃도 많이 졌다. 땅에 떨어진 어떤 꽃은 선홍색 피를 흘리는 것 같고, 어떤 꽃은 하얀 눈물을 흘리는 것 같다. 비바람에 몸살을 앓다가 진즉 땅에 떨어졌을 어떤 꽃들은 가슴가슴 시커멓게 피멍이 든 것 같다.

그윽한 꽃향기가 온몸에 퍼져 철없던 시절에 저질렀던 가슴 아픈 추억과 까마득한 그리움까지 스멀스멀 떠오르게 하는 밤, 봉하노송은 밤새 목 놓아 울고 싶다. 알뜰했던 그 맹세도, 실없던 그 기약도, 아무짝에도 쓸모가 없다는 생각이 드는 생의 마지막 밤이라서 더욱 그럴 것이다.

"부우!…… 부우!…… 부우!……."

다시 또 봉하노송의 귀에 부엉이 울음소리가 들렸다. 앞뜰의 정원수인 소나무 위에서 우는 듯했다. 그 소나무는 부엉이바위 쪽 담장 근처에 서 있다. 환청이 분명한 줄 알면서도, 그는 소나무 아래로 다가갔다. 어둠 속에 우두커니 서 있는 몇 그루의 소나무 상단을 낱낱이 살펴봤다. 하지만 서럽게 우는 부엉이는 보이지 않았다.

봉하노송은 정신을 가다듬었다. 부엉이바위 쪽의 앞뜰 담장 근처 소나무에서 들려오는 것 같았던 부엉이 울음소리는, 아니나 다를까 환청이 분명하다고 확인을 했기 때문이다.

전화 통화를 했던 호연의 얼굴이 느닷없이 떠올랐다.

'호연이와 목 서방은 요즘 얼마나 괴로울까?'

봉하노송과 통화를 끝내기 전, 호연은 2~3분 동안 울먹였다.

"아빠한테도 죄송하지만 흐윽! 흐으윽! …… 목 변호사한테도 정말 미안하구요. 애들한테도 미안해요. 아내로서, 엄마로서 얼굴을 들 수 없을 때가 한두 번이 아녜요, 아빠! 흐윽! 흐으윽!"

남편과 어린 두 딸한테 얼굴을 들 수 없을 때가 간혹 있다는 호연의 하소연이 떠올라 봉하노송은 가슴을 짓눌렀다.

자식을 둔 상당수 남성들이 그렇듯 봉하노송도 아들 호걸한테는 엄부였다. 젊은 시절에 그는 매를 들고 어린 호걸의 엉덩이를 심하게 때린 적도 있다.

그러나 딸 호연한테는 그러지 못했다. 물론 호연은 어려서부터 부모의 속을 크게 썩인 적이 없다. 집안에서는 호연을 '복덩이 딸'로 여겼다. 그러다보니 봉하노송과 봉하부인의 눈엔 호연의 허물도 곱게만 보였다.

호연이 결혼을 결심한 뒤, 예비 신랑인 목 서방을 부모님께 처음으로 소개하는 상견례를 할 때다. 봉하노송은 목 서방을 특별한 거부감 없이 사윗감으로 받아들였다. 그만큼 호연을 믿었다. 사랑하는 딸이 선택한 남편감인데 이것저것 따질 필요가 없다고 생각했다.

◎◎

지난 2월 어느 날이었다. 봉하 사저에 유정상 전 청와대 비서관이 찾아왔다. 유정상이 사저를 찾아오면 늘상 봉하노송을 먼저 만났다. 그런데 유정상은 그날 그러지 않았다.

"유 비서관이 도착했다는데, 지금 어디 계시는지 아나?"

비서실에 들른 봉하노송이 이한수 비서에게 물었다.

"아까 사저 안으로 들어오셨는데, 화장실에 가신 것 아닐까요?"

"유 비서관이 사저에 들어온 시각이 정확하게 언제였노?"

"제가 알기론 11시쯤 사저에 도착하셨습니다. 지금이 11시 30분이니 벌써 30분이 지난 것 같습니다."

"30분이 지났는데, 지금 이 시간까지 화장실에 있을 리는 없고, 혹시 안채로 들어간 건 아이가?"

"그건 잘 모르겠습니다만, 노송님! 한 가지 궁금한 게 있습니다."

봉하노송이 궁금한 점이 뭐냐고 물었다.

"유 비서관님이 정말 사랑채나 서재에 들르지 않으셨나요?"

"내가 오전 10시부터 서재에서 책을 보고 있었다. 근데 아직까지도 유 비서관이 서재에 들르지 않았다. 물론 사랑채도 살펴봤지만 보이지 않는다."

"그럼 어디로 가신 걸까요?"

"글쎄다. 이 비서도 잘 알고 있겠지만, 유 비서관이 이런 사람 아이다. 오늘은 뭔가 이상하다. 집안 어디서 집사람을 만나고 있는 모양인데, 혹시 집사람과 관련된 무슨 일이 크게 터진 것 아이가?"

얼굴에 수심이 가득한 봉하노송이 비서실 밖으로 나갔다. 비서실은 김경남 비서관을 비롯한 사저 개인비서들이 사무를 보는 공간이다. 청와대에서 파견 나온 경호원들이 상주하는 경호동과 한 지붕을 쓰고 있다.

비서실을 나온 봉하노송은 중정을 지나 주방에 들렀다. 예상대로 주방엔 유정상이 없다.

봉하노송은 주방에서 안채로 건너가면서 청와대의 풍수를 떠올렸다. 대통령 재임 시절에 여러 차례 고민해봤던 사안이다.

최창조 전 서울대 교수는 풍수지리학의 대가다. 그는 1990년대에 '청와대 흉지론'을 주장했다. "청와대 터가 풍수학적으로 살아 있는 사람들의 삶터가 아니라 죽은 영혼들이 머무는 곳이거나 신의 거처"여서 "역대 대통령들의 말로가 순탄치 않다"는 주장을 펼쳤다.

청와대 터가 길지라는 주장은 고려시대부터 조선시대까지 이어져 왔다. 최창조 교수의 해석은 달랐다. 그는 한겨레신문과의 인터뷰에서 "청와대 주인만 되면 권위주의적 인물로 바뀌는 청와대 터는 문제가 많다"고 말했다.

청와대 본관의 위치는 북악산에서 물이 내려와 모이는 습지이거나 논이었을 가능성이 높다. 그런 곳은 풍수적으로 귀신이 노는 곳이다. 몇몇 풍수가들은 대통령이 청와대에 들어오기만 하면 자신을 신(神)으로 착각할 수 있다고 말한다. 최창조 교수의 주장에 따라 실제 청와대 관계자들이 기록을 뒤져본 결과, 청와대 본관 자리는 조선시대 때 모내기를 하던 논이었다고 한다. 이런 곳에 외롭게 오래 거주를 하다보면 독불장군이 될 가능성이 높다는 것이다.

최창조 교수는 "이건 풍수적인 해석이기보다는 환경심리학적 해석이다"고 말한 바 있다. 그러면서 최 교수는 "청와대 지대가 꽤 높아서 이곳에선 남산과 서울 시내를 모두 굽어볼 수 있다. 대통령이 모든 걸 다 파악하고 있다는 착각에 빠지기 쉬운데 실제로는 현실을 제대로 보지 못하는 경우가 많다"고 덧붙였다. 그는 또 "청와대 터가 경복궁의 내맥이 내려오는 길목이라 땅을 훼손하면 안 된다"는 주장도 내놓은 바 있다.

용진잡송 정권 때인 1990년, 청와대 관저를 새로 짓기 시작했다. 이때 공사장 뒤편의 숲속에서 표석이 하나 발견됐다. 석재는 화강암이었다. 표석엔 한자로 '天下第一福地(천하제일복지)'라는 글귀가 새겨져 있다. '세상에서 복이 가장 많은 자리'라는 뜻이다. 감정 결과, 300~400년 전에 만들어진 표석이라는 주장이 제기됐다. 물론 그런 주장에 대한 반론도 있었다.

이 표석이 발견된 곳은 청와대 본관에서 동북쪽으로 계곡을 지나 150m 정도 떨어진 가파른 산기슭이다. 앞쪽이 나무와 풀로 가려져 있는 데다 길도 없어서 오랜 세월 동안 사람들의 눈에 띄지 않았던 모양이다.

2005년 봉하노송은 청와대 출입 기자들과 북악산 산행에 나섰다. 그는 이때 표석 얘기를 꺼냈다.

"천하제일복지라는 글귀도 권력자의 입장에서 보면 지금 내가 지내는 곳이 천하제일이겠지만 국민의 입장에서 보면 궁궐은 암투와 모함과 음모가 들끓던 곳입니다."

봉하노송은 청와대에 입성한 뒤, 본관의 내부 구조를 바꾸려고 시도했다. 후광거송 대통령처럼 대통령 집무실을 청와대 밖으로 옮기려 했다. 그런 마음을 먹게 된 데는 과거 정권의 핵심

인사들이 전한 귀띔도 한몫 했다. 한겨레신문은 그 귀띔을 이런 말맛으로 기록해두었다.

"노송 대통령님! 대통령은 외로운 자립니다. 구중궁궐 안에 갇혀 혼자 지내는 자립니다."

우리는 지금 인공위성을 쏘아 올리고, 우주여행을 이야기하는 시대에 살고 있다. 그런데 땅과 사람의 관계를 살피는 풍수학으로 한 나라의 국운을 논하고 있으니 고개를 갸우뚱하는 사람이 많을 것이다. 그럼에도 불구하고 청와대 풍수 논쟁은 끊이지 않는다. 아마도 전직 대통령들의 임기 말이나 뒤끝이 좋지 않았던 탓도 있으리라.

2007년 가을, 봉하노송은 OM뉴스 대표기자와 사흘 동안 만나서 깊은 대화를 나누었다.

"임기 말입니다. 퇴임을 하시려면 6개월쯤 남았는데, 요즘 근황이 어떠신가요?"

OM뉴스 대표기자가 이렇게 묻자 봉하노송은 씩 웃었다.

"기자님이 보시기에 제 얼굴이 어떻습니까?"

"근심 걱정이 전혀 없어 보입니다."

"잘 보셨습니다. 제 임기 말은 짱짱합니다."

"대계거송 대통령이나 후광거송 대통령은 임기 말에 아드님들 비리가 드러나서 시름시름 보냈습니다. 노송 대통령님은 방금 말씀하신 것처럼 임기 말이 짱짱해 보이시는데, 어디서 그런 힘이 나오는 겁니까?"

OM뉴스 대표기자의 질문에 봉하노송은 잠시 숨을 골랐다.

"이게 좀 똑 부러지게 드릴 수 있는 말이 아니어서 그러는데요, 좋습니다. 말씀드리겠습니다. 우선 제가 행운아라 그럴 겁니다."

"왜 행운아라고 생각하십니까?"

"기자님도 잘 아시겠지만, 청와대에 머물렀던 역대 대통령들의 임기 말이나 인생의 말로는 참 좋지 않았습니다."

"초대 대통령부터 직전 대통령까지 거의 예외가 없는 셈이죠?"

"그렇습니다. 독재를 하다가 3·15부정선거 이후 4·19혁명이 발발하면서 하야한 뒤 국외로 추방된 초대 대통령, 군부독재와 철권통치를 하다가 영부인도 시해되고 자신도 시해된 대통령, 5·18로 권력을 찬탈한 뒤 군부독재를 하면서 비자금을 조성한 혐의 등으로 감옥살이를 한 두 명의 대통령, 그 뒤를 이은 대계거송 대통령과 후광거송 대통령은 임기 말에 터진 아들의 비리로 레임덕에 시달렸는데, 기자님이 보시다시피 저는 이렇게 멀

쩡합니다. 이렇게 참여정부의 말기는 짱짱합니다. 허허허!"

봉하노송의 자평을 인정한다는 듯 OM뉴스 대표기자는 연신 고개를 끄덕였다.

"노송 대통령님은 정말 행운아가 맞는 모양입니다. 지금까지 살아오시면서 친일을 할 수 있는 시간도 없었고, 임기 동안에 독재를 하거나 분열의 정치를 할 필요도 없었으니 말입니다."

봉하노송은 OM뉴스 대표기자의 말에 맞장단을 쳤다. 그러면서 대통령 임기 동안 어떤 마음가짐으로 국정에 임했는지 설명했다.

"그렇습니다. 앞서 청와대에 머물렀던 대계거송 대통령이나 후광거송 대통령과 달리 저는 일제나 독재정권의 속박에서 많이 비켜 난 시대에 대통령을 꿈꾸고, 그 꿈을 이뤄 청와대에 들어온 덕분이라고 여겨집니다. 그리구요. 기자님이 인정하실지, 안 하실지는 모르겠습니다만, 저는 한국 정치 문화와 정치적인 전통에 누를 끼친 적 없습니다. 그리고 저는 적어도 정치인이 지켜야 할 도덕적 명분을 한 치의 오류도 없이 지금까지 철저하게 견지하고 있습니다. 그 점에서는 자신 있습니다."

"임기 말의 짱짱한 힘이 어디서 나오는 것이냐"는 OM뉴스 대표기자의 질문에 봉하노송은 첫 번째 이유를 이렇게 끝맺음했다.

청와대 모처의 탁자 위에 있는 찻잔의 차를 한 모금 마신 뒤 그는 두 번째 이유를 덧붙였다.

"제가 임기 말인데도 이렇게 짱짱한 두 번째 이유는 말입니다. 대계거송 대통령이나 후광거송 대통령과 달리 정권방어는 물론 자기방어도 잘 한 덕분입니다."

이에 OM뉴스 대표기자는 이런 질문을 던졌다.

"세상 사람들은 노송 대통령님의 정치적 아버지가 대계거송이라고 말합니다. 정치적 밀월 기간은 비교적 짧았지만 노송 대통령님을 정계에 입문시켜 준 분은 대계거송이잖습니까?"

부정하지 않겠다는 듯 봉하노송은 성글벙글댔다. 웃음의 뒷맛은 씁쓰레하게 느껴졌다.

"대계거송이 대선에 출마하려고 3당 합당을 하자 노송 대통령님은 정치적 아버지로 알려진 대계거송과 결별한 뒤, 후광거송과 한 배를 탔었죠?"

봉하노송은 이 말에도 동의한다는 듯 생글댔다. 웃음의 뒷맛은 개운하게 느껴졌다.

"대통령님은 후광거송 대통령의 업적을 어떻게 평가하시죠?"

"정치적으로 큰 업적을 남겼지만 그 분의 대통령 임기 말에 북문이 뻥 뚫렸습니다."

후광거송은 아들 문제로 임기 말이 영 편찮았다. 이를 봉하노송은 "북문이 뚫렸다"고 표현했다. 최후의 방어선이 무너졌다는 의미다.

사실 후광거송과 대계거송의 임기 말은 꾀죄죄했다. 이들 두 명의 전직 대통령이 정치적으로 어떻게 추락했는지 봉하노송은 잘 알고 있었다. 그런 전철을 밟지 않으려고 그는 각고의 노력을 기울였다. 가족과 참모들도 노력을 거들었다. 덕분에 봉하노송의 임기 말은 당당했다. 자신감도 넘쳤다. 스스로 정치적으로나 개인적으로 성공한 대통령이라고 자신했다.

"까놓고 이야기해서 대한민국에서 정치인이라고 하면 대계거송과 후광거송을 꼽지 않습니까? 언론을 다루는 데도 두 분은 달인 아닙니까? 그런데 두 분은 임기 말에 언론에 맞아 죽었다고 할 만큼 당했지만 저는 살아남았으니까, 대통령으로서 국정 운영은 그분들보다 제가 더 잘 한 것 아닐까요? 허허허!"

이런 말을 하면서 봉하노송은 겸연쩍게 웃었다.

"저는 그 분들 스스로에게 큰 잘못이 있었다고 보진 않지만 두 분 다 언론의 공격을 제대로 방어하지 못했거든요. 방어를 못해서 임기 말에 정치적으로 타살당한 것이거든요. 저는 방어를 잘 하고 있지 않습니까? 이 만큼이라도 해야 제가 청와대에서 나갈 때 걸어 나갈 것 아닙니까. 저는 청와대에서 기어 나가지 않을 겁니다. 송장이 돼서 안 나가고 반드시 멀쩡하게 걸어서 나갈 겁니다.”

　이렇게 큰소리를 쳤던 봉하노송은 실제로 청와대 안에서는
송장이 되지 않았다. 청와대에서 기어 나오지 않고 걸어서 나왔
다. 그런데 채 1년도 안 돼 깊은 늪에 빠졌다. 허우적거릴수록
더 깊이 빠져드는 그런 늪이었다.

◐.◑

　봉하노송이 청와대에서 인터뷰를 한 지도 거의 17개월이 지
났다. 봉하마을의 사저에 들른 유정상이 간 곳을 찾아 봉하노송
은 주방에서 나와 안채로 걸어가는 중이다.
　‘청와대에서 OM뉴스 대표기자와 인터뷰를 할 때, 전직 대통
령 두 분의 임기 말을 거론하면서 북문이 뚫렸다느니, 언론에
맞아 죽었다고 할 만큼 당했다느니, 방어를 못해서 정치적 타
살을 당했다느니, 정말이지 기고만장하게 이런 말을 거리낌 없
이 내뱉은 적 있는데, 혹시 내가 그런 꼴을 당할 때가 되었단 말
인가?’
　불길한 예감 탓인지 그의 발걸음은 꽤 무거워 보였다.
　지난해 12월 2일, 봉하노송의 집안엔 큰 시련이 닥쳤다. 검찰

이 둘째 형인 편백 씨에게 구속영장을 청구했다. 특정범죄가중처벌법상 알선수재 혐의였다. 검찰은 J골프장 대표 등과 공모한 편백 씨가 농협의 S증권 매각 과정에 개입해서 돈을 챙겼다고 판단했다.

'아버지는 보물이요, 형제는 위안이며, 친구는 보물도 되고 위안도 된다'는 명언이 있다. 미국 건국의 아버지로 불리는 벤자민 프랭클린이 남긴 말이다.

봉하노송에겐 손위에 형이 두 명 있었다. 일찍 이승을 떠난 큰형은 봉하노송에게 '법조인의 길'을 알려 주었다. 큰형이 세상을 떠난 뒤, 둘째 형 편백 씨는 봉하노송에게 있어서 '보물'이라는 아버지 같은 존재였다. 든든한 버팀목이었다.

지난해 11월 30일은 S증권 매각 비리 의혹에 연루된 편백 씨가 집을 나간 지 일주일째 되던 날이었다. 그날도 편백 씨는 봉하마을에 모습을 드러내지 않았다.

그날은 봉하노송의 할머니 기일이었다. 할머니 제사는 집안의 가장 큰 어른인 편백 씨가 모셨다. 그래서 편백 씨의 집 앞에 많은 기자들이 대기하고 있었다. 편백 씨가 할머니 제사를 지내러 귀가할 것으로 예상했기 때문이다.

그날 오후 3시 쯤, 봉하노송은 사저 앞 만남의 광장에서 봉하마을을 찾아온 방문객들을 만났다.

"노송님, 형님의 검찰 수사에 대한 입장을 밝혀 주십시오?"

방문객들 사이에서 있던 한 기자가 물었다. 봉하노송은 머뭇머뭇하다가 입을 열었다.

"검찰 수사를 기다려봅시다. 제가 다른 방법이 있겠습니까?"

봉하노송은 짧게 대답했다. 이에 앞서 그는 방문객들에게 이런 인사말을 했다.

"저는 이 만남의 광장에서 방문객들을 뵙게 되면 이런저런 주제로 이야기를 많이 합니다. 하지만 요즘은 신명이 나지 않습니다."

검찰 수사를 앞둔 편백 씨 문제와 관련해 봉하노송은 불편한 심기를 드러냈다.

"아무튼 오늘은 제 기분이 좀 그렇습니다. 이야기를 할 실마리가 잘 안 나옵니다. 그렇지만 멀리서 찾아오신 여러분을 위해 좋은 말씀을 드릴 수 있도록 노력해보겠습니다. 오늘은 출세라는 단어를 주제어로 삼아 저의 교육관과 남북관계 등에 대한 말씀을 드릴까 합니다."

그날 봉하노송은 약 1시간 동안 방문객들과 만남의 시간을 가졌다. 그런 다음 취재진의 잇따른 질문을 뒤로 하고 사저로 돌아갔다.

나흘 뒤인 12월 4일, 편백 씨는 구속 수감됐다. 검찰이 수사에 착수한 지 보름 만에 벌어진 일이다. 그간 완강하게 혐의를 부인하던 편백 씨는 구속 수감되면서 일부 혐의는 인정했다.

편백 씨가 구속되던 날, 봉하노송은 종일 사저에 머물렀다. 그는 12월 1일부터 매주 월요일과 목요일엔 방문객과 만나지 않기로 정했다. 그래서 그날은 사저 앞 만남의 광장에 나오지 않았다.

다음 날 오후, 봉하노송은 사저에서 나와 만남의 광장에 섰다.

"대통령님, 안녕하세요?"

"대통령님 반가워요?"

"노송님 만세!"

환호하는 방문객들 앞에서 봉하노송은 머리를 숙였다. 배꼽 아래에 두 손을 모은 채 눈을 감고 잠시 생각에 잠겼다.

"여러분, 날이 찬데 여기까지 찾아주셔서 고맙습니다. 정말 죄송합니다만 제가 한 가지 양해의 말씀을 구해야 되겠습니다."

봉하노송이 이런 말을 내뱉자 방문객들은 도대체 무슨 말을 하는 거냐고 물었다.

"사실 말이죠. 오늘은 여러분을 만나러 이 자리에 나오고 싶지 않았습니다. 제 인터넷 홈페이지 있지요. 사람 사는 세상이라구요. 홈페이지에다 오늘 방문객을 맞이한다고 미리 공지를 해놓은 터라 부득이 나왔습니다."

이에 모 언론사 기자가 물었다.

"아니 노송님, 이 시점에서는 대국민 사과를 해야 되는 것 아닙니까?"

이 질문에 봉하노송은 다시 눈을 감았다.

"죄송합니다. 사저의 참모 중에도 기자님처럼 말하는 사람도 있습니다. 먼저 국민 여러분께 사죄를 하는 것이 도리라고 말입니다. 물론 인정합니다. 그런데 말입니다. 전직 대통령으로서 국민 여러분께 갖춰야 될 도리도 있겠습니다만 피를 나눈 형님에 대한 동생의 도리도 있더군요. 혐의가 사실로 확정될 때까지 저는 형님의 말을 앞지르는 판단을 하고 싶지 않습니다. 형님은 혐의를 완강히 부인하고 있는데 제가 먼저 국민 앞에 사죄를 해버리면 형님의 피의사실을 인정해버리는 꼴 아니겠습니까? 아무튼 죄송합니다."

봉하노송이 이렇게 대답을 했는데도 기자는 집요하게 물고 늘어졌다.

"편백 씨가 노송님에게 별다른 말을 하지 않았습니까?"

"기자님, 죄송합니다. 그것은 사적인 문제로 덮어주시면 좋겠습니다. 저와 형님 간에 전화 통화가 있었다 없었다가 궁금하시겠지만 저희 형제끼리의 문제로 덮어주셨으면 합니다."

봉하노송은 만감이 교차하는 듯 눈을 감고 상념에 잠겼다. 잠시 후 그는 눈을 뜨고 다시 말을 이었다.

"여러분, 정말 죄송합니다. 오늘은 이만 돌아가 주시구요. 다사다난했던 한 해 마무리 잘 하시기 바랍니다. 그리고 한 가지 공지를 하겠습니다. 오늘 여러분께 올리는 인사가 저의 올해 마지막 인삽니다. 올 연말까지 이 자리에 나오는 일은 없을 텐데요. 추운 겨울이 가고 따뜻한 봄이 오면 이 만남의 광장에 나와서 여러분을 찾아뵙겠습니다. 정말 죄송합니다. 고맙습니다. 가시는 길 모두 편안하시길 기원합니다."

만남의 광장에 모여 있는 방문객들에게 이렇게 인사를 한 뒤, 봉하노송은 사저 안으로 들어갔다.

"대통령님, 힘내세요!"

"대통령님, 늘 건강하세요!"

"노송님도 다사다난했던 한 해 잘 마무리하시구요. 새해 건승하십시오!"

"노송님, 꽃 피는 춘삼월엔 다시 또 뵙는 거죠?"

만남의 광장에서 10여 분간 대화를 나눈 뒤, 사저로 들어가는 봉하노송의 등 뒤로 방문객들의 격려와 덕담이 쏟아졌다. 비서진과 함께 사저로 들어가는 그의 어깨는 축 늘어졌다. 사저엔 남정청송도 머물고 있었다.

참여정부 시절 '왕수석'이라 불렸던 남정청송은 법무법인 '부산'의 공동대표를 맡고 있다. 그는 봉하노송의 대통령 퇴임 이후 낙향해서 본업인 변호사 업무에 복귀했다. 남정청송과 함께 법무법인 '부산'을 이끌고 있는 또 한 명의 공동대표는 봉하노송의 조카사위인 정진수 변호사다. 정 변호사는 구속된 편백 씨의 변호를 맡고 있다.

2009년 새해가 밝았다. 메이히로 정권은 '도덕주의 정부'를 선언했다. 메이히로가 '경제 전문가'에서 '도덕주의자'로 변신한 것이다. 이필운 청와대 대변인은 "메이히로 대통령은 대선 때 어느 기업에서도 돈을 받은 적도 없고, 재임 중 누구에게도 돈 받을 이유가 없다. 그런 만큼 도덕적으로 꿀릴 게 없다. 이것이 메이히로 대통령의 일관된 철학이다"고 밝혔다.

'도덕주의 프레임'을 꺼내 들고 새해를 연 메이히로. 그는 10년 전 국회의원 선거법 위반으로 유죄 판결을 받자 의원직을 자진 사퇴하고 미국 워싱턴으로 건너가 정치적 낭인이 된 적 있다. 그때 미국에서 메이히로와 어울렸던 한국인 그룹을 일컬어 '워싱턴 라인'이라고 한다. 그 워싱턴 라인의 주요 멤버 중 한 사람이 이인수 검사다. 당시 이인수는 주미대사관 법무협력관이었다.

도덕 대통령 메이히로는 2009년 1월 중순, 이인수를 대검찰청 중수부장에 앉혔다. 그는 '재계 저승사자'라는 별명을 갖고 있다. 별명대로 사건을 한번 물면 절대 놓지 않고 독하게 파고들어서 마구 헤집는 스타일이다.

대검 중수부장이 된 이인수의 1차 목표는 T실업 박차대 회장의 입을 여는 것이었다. 무슨 수를 써서라도 박차대 회장의 입을 열려고 덤볐다.

2월 19일, C일보는 일명 '박차대 리스트'를 폭로했다. 박차대 회장이 봉하노송의 측근인 L씨, 정계원로인 P씨와 K씨, 그리고 박차대 회장과 친분이 두터운 C씨에게 수억 원을 전달한 것으로 알려졌다고 보도했다. L씨는 이강원 의원이었고, P씨는 박용태 전 국회의장, K씨는 김정읍 전 국회의장, C씨는 S그룹 천두모 회장이라는 소문이 여의도 정가에 파다했다.

◎,◎

'결국 올 것이 왔단 말인가? 집사람도 박차대 리스트에 이름을 올렸단 말인가?'

사저에 들른 유정상의 행방을 찾고 있는 봉하노송의 마음은 불안하기 짝이 없다.

'유 비서관은 분명 집사람을 만나고 있을 것이다. 유 비서관이 사저에 찾아와서 나를 먼저 만나지 않고 누군가를 먼저 만나고 있다면 그 사람은 분명 집사람이다. 그런데 두 사람이 도대체 어디에 있는 것일까? 이 추운 겨울에 야외에서 긴 이야기를 나눌 리는 없고 분명 실내 어느 곳일 텐데……. 어, 거실에도 유 비서관의 얼굴이 보이지 않네!'

안채 창문을 통해 들여다본 거실에 유정상의 모습이 보이지 않자 봉하노송의 두 눈은 더욱 커졌다.

'거실에도 없다면 어디에 있단 말인가? 안채 이외는 갈 데가 없는데, 혹시 내실이나 작은방에 있는 걸까?'

이런 생각을 하면서 봉하노송은 안채 현관문을 열었다. 현관문 안에 봉하부인의 신발 외에 남성 구두 한 켤레가 놓여 있다.

'옳지, 이 구두는 유 비서관의 구두가 틀림없다. 그런데 도대체 두 사람은 안채 어디에 있단 말인가?'

신발을 벗고 거실로 들어선 봉하노송은 내실의 방문을 확 열었다. 침실로 쓰는 내실엔 아무도 없다.

봉하노송은 내실의 방문을 닫고, 옆의 작은방 쪽으로 향했다. 작은방은 가족들이 묵는 방이다. 작은방의 방문을 여니, 봉하부인과 유정상이 방바닥에 마주 앉아 있다. 봉하노송이 방안으로 들어서자 유정상과 봉하부인의 얼굴은 하얗게 질렸다.

"아니 정상아! 니 여기서 머하고 있노?"

봉하노송과 유정상은 공식 석상이 아닌 사석에서는 이렇게 존댓말을 쓰지 않는 막역한 친구 사이다. 두 사람은 젊은 시절, 함께 고시 공부를 했다. 그래서 봉하노송은 사석에서 유정상이 존댓말을 쓰는 것을 매우 거북하게 여겼다. 대통령 재임 시절, 청와대 안에서 개인적으로 국정을 논할 때도 그랬다.

"말을 좀 해보거레이! 집사람하고 여기서 무슨 말을 나누고 있었노?"

봉하노송이 이렇게 물었지만 유정상은 아무런 대꾸가 없다. 그러자 봉하노송은 하얗게 질린 그의 얼굴을 뚫어져라 노려보았다. 유정상은 고개를 푹 숙였다.

"당신 지금 이 방에 숨어서 유 비서관과 무슨 밀담을 나눴노? 내가 알아서는 안 될 심각한 일이 벌어져서 내 몰래 둘이서 대책을 세우고 있는 것이 분명한데, 어서 말해봐라, 도대체 무슨 일이 터졌노?"

봉하노송은 봉하부인에게 이렇게 물었다. 그미 역시 유정상처럼 대꾸가 없다. 도둑질을 하다 들킨 사람처럼 하얗게 질린 얼굴로 몸을 부르르 떨었다. 그렇게 방바닥에 앉아 있던 그미가 벌떡 일어나더니 아픈 다리를 질질 끌며 거실로 걸어 나갔다. 봉하노송이 울며불며 거실로 나가는 그미의 오른손 손목을 붙잡았지만 소용없는 일이었다.

"당신 와 이라노?"

그미의 뒤를 따라 거실로 나가며 봉하노송이 이렇게 소리쳤다. 그미는 대답 없이 내실로 향했다. 봉하노송이 잰걸음 해서 그미를 앞질렀다. 앞을 가로막고 선 봉하노송이 그미의 어깨를 붙잡고 세게 흔들었다.

"말을 좀 해보거레이! 대관절 무슨 일이 벌어졌길래 대답도 없이 내빼노?"

그미는 시선을 발끝에 떨구고 닭똥 같은 눈물을 질금질금 흘렸다. 봉하노송은 강하게 그미를 닦아세웠다. 그미는 고개를 들고 눈물을 머금은 채 잠시 봉하노송의 얼굴을 올려보았다. 그러더니 그미는 자신의 어깨를 붙잡고 있는 봉하노송의 두 손을 내치고 내실 안으로 들어갔다. 내실의 방문이 닫혔다. 봉하노송이 닫힌 방문을 열고 내실로 들어갔다.

"말 좀 해보라닌까 와 이러노?"

침대에 걸어앉은 그미는 대답 없이 훌쩍거렸다.

"대체 무슨 일이 벌어졌길래 이러노?"

봉하노송이 이렇게 몰아치지만 그미는 하염없이 눈물만 훔쳤다.

"당신 혹시 박 회장 돈을 묵었나?"

오래전부터 봉하노송이 가슴 속 깊은 곳에다 꼬깃꼬깃 접어 두었던 궁금증을 드디어 꺼냈다.

"말해봐라! 박차대 회장 돈을 묵었는지 안 묵었는지?"

그미는 고개를 젓지 못하고 푹 떨구었다. 곧 어깨를 더욱 옹송그리고 서럽게 울먹였다. 봉하노송은 그미가 박차대 회장의 검은 돈을 받아 챙긴 것이 틀림없다고 판단했다.

"당신 대답을 못하는 걸 보니, 박 회장 돈을 묵은 게 틀림없나본데, 퍼뜩 말해보거레이! 박 회장 돈을 언제 얼마나 묵었고 어디다 썼는지?"

봉하노송은 침대에 걸어앉아서 울고 있는 그미의 어깨를 다시 두 손으로 붙잡고 거세게 흔들었다.

"퍼뜩 말을 해보란 말이다. 박 회장한테 언제, 얼마나 돈을 받아 묵었고, 그 돈을 어디다 썼는지 말이다?"

봉하노송의 곤두선 목소리엔 울분이 가득찼다. 그미를 향한 거칠거칠한 다그침이 한참 이어졌다. 그런데도 그미는 입도 뻥긋하지 않았다. 그미의 어깨를 감사납게 붙잡고 있던 두 손이 스르르 풀렸다. 제풀에 기가 빠진 듯 거실로 터벅터벅 걸어 나왔다.

거실의 2인용 소파엔 유정상이 팔짱을 낀 채 눈을 감고 앉아 있다. 10여 분간 내실에서 봉하노송이 그미를 향해 쏟아내는 풀풀한 실랑이를 잠자코 듣고 있던 참이다.

"거기 좀 앉아 있어라. 밖에 나가서 담배 한 대 피우고 올란다."

유정상에게 이렇게 당부한 뒤, 봉하노송은 앞뜰로 나왔다. 양력 2월이지만 날씨는 아직도 차갑다. 몸을 오들오들 떨었다. 옷을 두껍게 입지 않은 탓도 있겠지만 심장이 얼어붙는 충격을 받은 탓도 있으리라.

봉하노송은 부들부들 떨며 허둥지둥 담배를 한 개비를 피웠다. '집사람이 박 회장 돈을 먹은 것이 확실해 보인다. 내 직감대로 박 회장 돈을 먹은 것이 사실이라면 보통 큰일이 아니다. 근데 집사람이 박 회장 돈을 받아서 어디에 썼단 말인가?'

봉하노송은 이런저런 궁금증으로 가슴을 졸였다. 손가락을 튕겨 불씨를 제거한 꽁초를 앞뜰 잔디밭에 버렸다. 동동걸음으로 안채 거실에 들어간 그는 1인용 소파에 앉았다. 자리에 앉기 무섭게 그는 유정상에게 짜증 섞인 말로 쏘아붙였다.

"박차대 회장 돈을 집사람이 언제 얼마나 묵었고, 묵은 돈을 어디다 썼는지 이실직고 해봐라!"

유정상은 묵묵부답했다.

"내 말이 안 들리나? 퍼뜩 말을 해보거레이!"

봉하노송이 자꾸 등쌀을 대도 눈을 감은 채 팔짱을 끼고 소파에 앉아 있는 유정상은 아무런 말이 없다.

"오늘 따라 니 와 이라노? 사저에 찾아왔으면 내를 먼저 만나야 될 텐데 와 집사람부터 만났노? 집사람하고 저 작은방에서 무슨 밀담을 나눴노? 내 짐작컨대 집사람이 내 몰래 박 회장 돈을 묵은 것이 들통난 모양인데, 돈을 언제 얼마나 묵었고, 또 집사람이 어디에 쓸라고 돈을 묵었는지 궁금하다. 퍼뜩 말을 해보란 말이다."

유정상은 여전히 입을 꽉 다물고 있다.

"내가 니를 안 지도 어언 40년이다. 니 눈빛만 봐도 니가 무슨 생각을 하고 있는지 모르는 내가 아이다. 마찬가지로 내가 집사람을 만나 결혼한 지도 근 40년이 됐다. 그토록 오랜 세월을 한 지붕 아래서 살았는데 내가 와 집사람의 머릿속을 못 들여다 보겠노? 아까 작은방에서, 또 거실과 내실에서, 집사람한테 따지고 묻는 과정에서 내는 확신을 갖게 되었다. 집사람은 박 회장 돈을 분명히 묵었다. 내가 지금 궁금한 것은 박 회장의 돈을 언제, 얼마나, 그라고 어디다 쓸려고 묵었냐는 점이다. 퍼뜩 말해보거레이? 니도 그렇겠지만 내도 지난해 초여름부터 스트레슬 엄청 많이 받았다. 오늘 받고 있는 스트레스는 정말로 견디기 힘든데, 더 열을 받으면 내 머리가 터질지도 모른다. 그러니 퍼뜩 이실직고 해봐라!"

이렇게 다그치자 유정상이 감고 있던 눈을 떴다. 갸웃이 고개를 든 유정상의 파리한 얼굴을 봉하노송은 눈동자가 눈썹에 걸린 눈으로 노려보았다.

팔짱을 푼 유정상이 소파에서 일어났다. 시어진 눈으로 봉하노송이 물었다.

"니 지금 어딜 갈라꼬 인나노?"

유정상이 시선을 어디에 둘지 몰라 허둥지둥하며 발걸음을 뗐다. 봉하노송이 소파에서 벌떡 일어났다.

"퍼뜩 자리에 앉아라! 니 정말 내 속을 새까맣게 태워서 죽일 작정이노?"

봉하노송이 호통을 쳤다. 목청이 얼마나 큰지 거실이 쩌렁쩌렁 울렸다. 유정상은 맞대꾸 없이 내실 쪽으로 향했다.

"내실에 있는 집사람을 데리고 나올라카나?"

다시 또 봉하노송이 호통을 쳤다.

"우리 둘이 얘길 나누면 되지 와 집사람은 끌어 들일라카노?"

봉하노송이 다시 또 거실 천장이 내려앉을 정도로 고성을 내질렀지만, 유정상은 벌써 내실의 문턱에 한 발을 걸쳤다. 봉하노송은 할 말을 잃고 발만 동동 굴렀다.

유정상은 반쯤 열려 있는 내실의 방문을 닫고 뒤돌아섰다. 방금 전 앉아 있던 소파로 되돌아왔다. 유정상이 자리에 앉자 봉하노송도 따라 앉았다.

"노송, 부탁이 있다."

"무슨 부탁인지 퍼뜩 말해 봐라!"

"오늘부터 니와 내가, 그라고 봉하부인이 대응해야 될 일은 결코 감정적으로 처리할 수 있는 일이 아이다."

유정상의 말에 귀를 쫑긋 세우고 있는 봉하노송의 눈엔 모가 서있다.

"그래 내가 부탁하고 싶은 말은 다름아이다. 내가 하는 말을 되도록 귀담아듣고 하고 싶은 말이 있더라도 입안에서 두 번 세 번 곱씹은 다음에 내뱉었으면 좋겠다."

유정상의 부탁에 봉하노송은 힘을 주어 입을 꽉 다물었다. 봉하노송처럼 유정상의 눈에도 모가 섰다.

"니는 기억을 하고 있을지 모르겠다만 지난 2002년 대선 때 내는 니 대통령 당선시키려고 무던히 애를 썼다."

유정상이 2002년 대선 이야기를 꺼내자 봉하노송은 귀를 더 쫑긋 세웠다.

"2002년 12월 19일, 그날 대선이 있었제? 그날 초저녁부터 개표 결과를 지켜보면서 내와 내 집사람은 애간장이 탔다. 그날 밤 자정이 훨씬 지난 뒤, 니 대통령 당선이 거의 확실해지는 순간, 우리 부부는 얼싸안고 한참을 울었다. 얼마나 기쁘고 흥분이 되는지 그날 밤 우리 부부는 한숨도 못 잤다."

봉하노송의 눈동자가 다시 또 눈썹에 걸렸다. 그가 당장 듣고 싶은 말은 봉하부인이 박차대 회장의 돈을 받았는지, 받지 않았는지의 여부다. 그래서 그의 머리꼭지가 돌아 있는데, 유정상은 케케묵은 얘기를 늘어놓고 있는 것이다. 봉하노송은 한마디 하고 싶었다. 그렇지만 되도록 귀담아 들어달라는 유정상의 부탁이 그의 입을 틀어막았다.

"대통령 당선된 뒤, 한 달쯤 지났을 때 니는 내게 전화해서 며칠 뒤 청와대서 보자고 했다. 그래서 난 청와대에 들어갔다. 그때 니는 날 반갑게 맞아주었다. 근데 내겐 못마땅한 일이 하나 생겼다."

봉하노송은 유정상을 물끄러미 바라보았다.

"내는 대통령 당선자인 니를 대통령 당선자님이라고 호칭하며 예우를 지키려고 노력했다. 그런데 니는 그랬다. 무슨 소리를 하느냐며 친구끼리 남사스럽게 그러지 말고 편하게 평소처럼 서로 이름을 부르자고 했다."

봉하노송은 당시의 기억이 생생하게 나는지 억지로 웃었다. 쌉쌀한 웃음이었다.

"그 이후 내는 니를 공식 석상에서는 대통령님이라 호칭했지만 사석에선 서로 이름을 부르면서 지냈다. 그렇지만 내는 니를 친구가 아닌 나랏님으로, 대통령님으로 모시려고 애를 썼다."

봉하노송은 눈과 귀를 한껏 열고 유정상의 말을 귀담아들었다.

"니 덕분에 내는 청와대 총무비서관이 됐다. 이후 내는 니와 참여정부를 지키는 수호신이 되겠다고 각오했다. 그럴 리는 없겠지만 만약 내가 목을 내놓아야 될 상황이 온다면 목숨을 바칠 각오도 했다."

봉하노송의 입은 여전히 굳게 닫혀 있다.

"니가 알았다면 화를 내고 뜯어말렸겠지만 내는 참여정부 후반기에 니 퇴임 이후까지 준비를 할 수밖에 없었다."

유정상의 말이 이 대목에 이르자 봉하노송은 드디어 떨리는 입술을 뗐다.

"고맙다. 그리고 면목이 없다. 니가 내 몰래 준비를 해두었다는 퇴임 이후와 관련된 문제는 차후에 들어보기로 하고 당장 내게 들려줘야 할 얘기는 집사람이 박 회장 돈을 묵었는지 안 묵었는지의 여부다. 만약 박 회장 돈을 묵었다면 언제 얼마나 묵었고, 어디다 쓸라고 묵었냐는 점이다. 그러니 퍼뜩 이실직고해봐라!"

봉하노송이 이렇게 다그치자 유정상의 말문은 막혔다.

"퍼뜩 말해보란 말이다! 아까 작은방에서 집사람과 은밀하게 무슨 얘길 나눴는지?"

봉하노송이 이렇게 묻자 유정상이 힘겹게 말문을 열었다.

"박 회장이 봉하부인에게 100만 달러를 건넸다고 검찰 조사 과정에서 진술했다는 소식을 전했다……."

유정상이 흉금을 풀기 시작하자 충격을 받은 봉하노송은 말을 꿀꺽 삼켰다. 입술을 깨물며 고개를 들지 못하던 그가 유정상의 눈을 똑바로 쳐다본 것은 한참 뒤였다.

"니는 와 나한테 진작 이런 사실을 털어놓지 않았는데?"

봉하노송이 원망 섞인 목소리로 유정상에게 물었다.

"박 회장이 검찰에 그렇게 진술했다는 정보를 듣고 내는 몇 차례 이곳 사저에 찾아왔다. 그런데 그때마다 차마 말을 떼지 못했다. 그렇게 사저를 떠난 게 벌써 몇 차례다."

봉하노송이 목에 핏대를 돋우고 앙칼진 목소리로 물었다.

"내 몰래 집사람이 박 회장한테 빌린 돈은 그 돈 100만 달러 말고는 또 없나?"

"없다."

봉하노송과 유정상 사이엔 긴장감이 흘렀다. 유정상을 바라보는 봉하노송의 눈에도 불이 켜졌고, 봉하노송을 바라보는 유정상의 눈에도 불이 켜졌다. 불꽃이 튈만한 정적이 잠시 흘렀다.

이때 내실의 방문이 열리는 소리가 들렸다. 그 순간 봉하노송과 유정상 사이에 흐르던 일촉즉발의 정적이 깨졌다.

방문을 여닫는 소리에 봉하노송과 유정상의 불이 켜진 눈이 내실 쪽으로 돌아갔다. 안에서 봉하부인이 아픈 다리를 질질 끌며 걸어 나왔다. 그미가 봉하노송과 마주보고 소파에 앉기까지 무거운 침묵이 흘렀다. 봉하노송이 눈을 부라리며 그미를 노려보았다. 그미는 얼굴을 들지 못한 채 훌쩍댔다. 한참 뒤 봉하노송이 어렵게 말길을 텄다.

"미안하지만 당신한테 몇 가지만 물어 볼란다."

그미는 고개 하나 까딱하지 않으며 눈물만 훔쳤다.

"듣자하니 미국에 있던 애들 유학비와 생활비 때문에 큰 빚을 졌고, 그 빚을 갚으려고 박 회장한테 100만 달러를 빌린 모양인데, 맞는지 안 맞는지 말을 좀 해 봐라!"

그미의 대답 없자 봉하노송은 흰자위가 드러나게 눈을 치떴다.

"그래 대답을 못하는 걸 보니 그 말이 맞는 모양이다. 그렇다면 박 회장한테 100만 달러를 빌리기 전 당신한테 큰돈을 빌려준 채권자는 누구였노?"

대답 없이 울고만 있는 그미의 흐느낌은 마치 봉하노송의 가슴을 찢어버리려는 통곡 같았다.

"다시 한 번 묻는다. 당신한테 큰돈을 빌려준 채권자가 누구였고, 그 채권자한테 언제 어떤 방법으로 돈을 빌렸는지? 그라고 박 회장한테 100만 달러를 빌려서 그 채권자의 빚은 갚았는지? 갚았다면 어떤 방법으로 갚았는지 말을 좀 해봐라!"

역시 그미는 대답 없이 영원히 멈추지 않을 것 같은 울부짖음만 서럽게 이어갔다.

"이 문제도 한 번 짚어볼란다. 박 회장의 돈을 와 원화가 아닌 미화로 빌렸노? 달러로 빌렸다면 당신한테 큰돈을 빌려 줬다는 그 채권자는 국내 거주자가 아니고 외국에 거주하는 사람일 수도 있다는 얘긴데, 이 점에 대해서도 말을 좀 해봐라!"

이 질문에도 그미는 대답을 내놓지 않았다.

"끝으로 한 가지만 더 묻자. 박 회장한테 돈을 빌리면서 차용증은 썼나? 돈을 빌릴 땐 차용증을 쓰는 건 금전거래의 기본 아이가?"

여전히 그미는 대답 없이 흐느꼈다. 그미를 노려보던 봉하노송이 소파 앞에 놓여 있는 높이가 낮은 탁자 위를 오른손으로 꽝 치면서 벌떡 일어섰다.

"도대체 이게 말이 되는 소리가? 애들 유학비와 생활비 때문에 내 몰래 큰 빚을 졌고, 또 그 빚을 갚으려고 내 몰래 돈을 빌렸다니 이게 말이 되는 소리가? 정치 한다고 내가 돈을 못 벌고, 또 돈을 많이 까먹었다는 점은 인정한다. 그렇지만 미국으로 유학을 간 자식들 뒷바라지를 한다고 우리 부부가 남의 돈에 손을 델 수는 없는 일 아이가? 당신도 알다시피 내는 청와대에서 송장이 돼서 기어 나오지 않으려고 참 무던히 애를 썼다. 전직 대통령들처럼 청와대서 죽어서 나오지 않으려고 엄청 노력했다. 대통령 임기 5년 동안 반칙과 특권을 없애려고 몸부림도 쳤다. 근데 이게 무슨 염치없는 소리노? 남의 돈을 묵었다고? 100만 달러가 적은 돈이가? 100만 달러가 어디 얼라들 껌값이가? 그래 박 회장이 검찰 수사과정에서 이런 사실을 진술했다면 앞으로 당신과 내는 어찌 되겠노? 당신도 알고 있겠지만 작년 연말 형님이 검은돈 문제로 구속되는 통에 내 신세가 참 처량하게 됐다. 만남의 광장에 나가 사저를 찾아 온 방문객들 앞에 설 수도 없는 처지가 되고 말았다. 당신이 박 회장한테 빌린 돈이 만약 검찰에서 검은돈이라는 판명이 나면 우리 부부는 어찌 되겠노? 작년 초여름부터 메이히로 정권의 무차별적이고, 전방위적인 공격을 받고 있지만 내는 자신 있었다. 메이히로 정권이 일방적으로 벌여놓은 이 싸움판에서 난 결코 패배하지 않을 것이라고 자신해 왔다. 그만큼 당당했기 때문이고, 그만큼 구린 데가 없기 때문이었다. 근데 당신이 박 회장의 돈 100만 달러를 내 몰래 받아묵었다니 앞으로 우린 우짜면 좋노? 앞으로 난 우째야…… 난 우째야 좋냔 말이다. …… 아아 어 어! ……."

무너진 하늘 아래서 울부짖듯 포효하던 봉하노송이 갑자기

두 손으로 자신의 목덜미를 틀어쥐었다. 털썩 주저앉아 소파 상단에 목덜미를 걸친 그는 기진맥진한 상태다.

"노송, 와 이라노? 노송, 노송, 정신 좀 차려보그라, 노송!……."

바로 옆 소파에 앉아 있던 유정상이 벌떡 일어나 봉하노송의 얼굴을 살폈다. 봉하노송의 얼굴엔 핏기가 없다.

봉하노송의 맞은편 소파에 앉아서 눈물을 짜던 그미도 깜짝 놀라 자리에서 벌떡 일어났다. 아픈 다리를 질질 끌며 제 몸을 스스로 가누지 못하고 있는 봉하노송 곁으로 다가섰다.

"여보, 와 이러능교?…… 호걸이 아버지, 와 말도 못하고 이러십니까? 흐윽, 흐윽 흐으윽!……."

유정상이 탈진한 봉하노송의 기운과 맥을 되살리려고 안간힘을 썼다. 봉하노송의 겉옷 상의 단추와 허리를 조이고 있는 벨트를 느슨하게 풀었다.

그미는 봉하노송의 팔과 다리를 주물렀다.

"호걸이 아버지, 흐으윽! 여보, 퍼뜩 기운 좀 차려보이소! 흐윽 흐윽 흐으윽!……."

이렇게 우짖으며 봉하노송의 팔과 다리를 주무르던 그미가 절뚝절뚝 거실 밖으로 나갔다. 2분 쯤 뒤에 거실로 돌아 온 그미의 양손엔 물병과 음료수병이 들려 있다.

"호걸이 아버지, 입을 크게 벌리고 이 음료수를 좀 마셔보이소!"

그미의 재촉에 봉하노송은 입을 크게 벌렸다. 그미가 봉하노송의 입안에 이온 음료를 흘렸다. 입안으로 들어간 이온 음료를 봉하노송은 목구멍 안으로 힘겹게 넘겼다. 그미와 유정상의 응급조치 덕분인지 봉하노송의 기운과 맥은 서서히 되살아났다.

"호걸이 아버지, 괜찮으신교?"

봉하노송이 소파 상단에 걸쳤던 목을 곧추세우고 바르게 앉자 그미가 울먹이는 음성으로 물었다.

"괜찮다"는 듯 고개를 끄덕이는 봉하노송의 눈에도 눈물이 가득 고였다. 눈물을 머금은 채 봉하노송의 움직임을 살피던 유정상이 안도의 숨을 내쉬었다.

"보아하니 탈진으로 쓰러진 것 같은데, 탈진 때문에 사망하는 경우도 있다. 이만하길 천만다행인데, 우짜면 좋겠노? 병원에 가보는 것이 좋을 듯한데, 119를 부를까?"

유정상의 제안에 봉하노송이 고개를 절레절레 저었다. 봉하노송의 몸 상태가 정상으로 돌아왔다는 확신이 섰는지 유정상은 내실 쪽 소파에 되앉았다.

봉하노송이 앉아 있는 뒤뜰 쪽 소파의 오른편에 서 있던 그미가 아픈 다리로 걸음을 뗐다. 절뚝절뚝 걸어서 봉하노송의 맞은

편에 있는 앞뜰 쪽 소파로 걸음을 옮겼다. 물병과 음료수병을 양손에 나눠 들고 제자리로 돌아가는 그미의 턱밑으로 눈물이 뚝뚝 떨어졌다.

"드디어 북문이 뚫렸는갑다!"

봉하노송이 불쑥 혼잣말을 중얼거렸다. 그미가 소파에 앉아 소파 좌측의 거실 바닥에 물병과 음료수병을 내려놓은지 사오 분쯤 지난 뒤다. 기운과 맥이 돌아온 직후라서 그런지 봉하노송의 입안에서만 맴도는 혼잣말이 유정상과 그미에겐 들릴 듯 말 듯 했다. 하지만 시간이 흐르면서 봉하노송의 목소리는 평소처럼 또랑또랑 울렸다.

"유 비서관도 잘 알고 있을 것이고, 당신도 잘 알고 있을 건데, 내는 대통령 임기 5년 동안 철저하게 절제도 했고, 수시로 나를 점검도 했다. 아들 비리 문제로 북문이 뚫려 임기 말에 언론에 맞아죽었다고 할 만큼 짓밟히고 정치적 타살을 당한 전직 대통령처럼 청와대서 송장이 돼서 기어나가지 않으려고 말이다. 다행히도 내는 임기 말까지 짱짱했는데, 퇴임 후 약 1년 만에 북문이 뚫렸다. 다시 말해 마지막 방어선이 무너졌다. 그 시점은 달랐지만 내 역시 대계거송 대통령이나 후광거송 대통령처럼 자식들 문제로 북문이 뚫렸다. 때문에 내는 앞으로는 더 이상 짱짱할 수도 없을 것이고 당당하게 살 수도 없을 것이다.

아무래도 오늘 이후로 내는 자유로운 선택을 할 수가 없을 것 같다. 그라고 두 대통령이 북문이 뚫린 뒤 서서히 골병이 들어 송장이 되었던 것처럼 아마 내도 그리 될 것 같다. 다만 장소만 다를 뿐인데 두 분은 청와대 안에서 송장이 됐고, 내는 이 사저 안에서 송장이 될 것 같다."

울컥울컥 쏟아져 나오는 눈물을 삼키려는 듯 봉하노송은 이를 앙다물고 인상을 긁었다. 잠시 뒤 기어드는 목소리로 궁한 소리를 내뱉었다.

"유 비서관한테 부탁 좀 할란다."

유정상이 귀를 쫑긋 세우고 봉하노송을 바라보았다. 그미도 눈물을 훔치면서 봉하노송의 말에 귀를 쫑긋 세웠다.

"집사람이 애들 유학비와 교육비 때문에 큰 빚을 졌고 그 빚을 갚으려고 내 몰래 박 회장 돈을 빌렸다고 하지만 그 일은 내 임기 동안에 이루어진 일이고, 내 집안의 일이니 내도 도덕적으로 책임을 져야 된다. 그러니 만약 니가 검찰에 불려가 조사를 받게 된다면 반드시 이리 말해라. 내가 니한테 부탁을 해서 박 회장 돈을 빌렸고, 그 돈으로 집사람이 진 빚을 갚았다고. 어쩌면 이 문제에 대한 법적 책임을 놓고 내가 검찰과 다투는 상황이 올 수도 있을텐데, 이 얼마나 구차한 일이겠노? 구차하게 박 회장 돈을 내가 받아썼는지, 집사람이 받아썼는지를 놓고 법적

다툼을 벌이고 싶지 않다."

말을 마친 뒤 봉하노송은 유정상을 바라보았다. 유정상은 고개를 푹 숙였다.

"유 비서관 니한테 이렇게 간곡하게 부탁을 하는 것은 참여정부의 도덕성이 무너지면 내 개인적인 도덕성만 무너지는 것이 아이고 참여정부가 지향했던 모든 가치가 깡그리 부정을 당할 수 있기 때문이다."

이렇게 당부를 하고 난 뒤, 봉하노송은 초점을 잃은 눈동자를 눈물이 홍건한 눈꺼풀이 덮었다.

오래된

생각
이다

오월의 밤바람이 살랑살랑 불었다. 봉하마을 뒷산에서 내려와 사저 앞뜰과 뒤뜰에서 살랑거리는 산바람도 칙칙한 어둠을 휘감고 있다.

이른 봄, 봉하마을 산천에서 하나둘씩 꽃망울을 터뜨린 봄의 전령사들처럼 짙푸른 꽃향기를 품고 있는 오월의 봄꽃들도 바람이 불지 않으면 그 향기를 널리 퍼뜨릴 수 없다.

그렇지만 꽃은 결코 부는 바람을 탓할 리 없다. 실바람이 불면 부는 대로, 비바람이 몰아치면 몰아치는 대로, 바람새를 따지지 않고 제 향기를 바람에 맡길 뿐이다. 그러면서도 꽃은 바람을 원망하지 않는다. 서운함이 있어도 가슴에 담아 둔다. 바람을 거스른다면 제 향기를 몸 밖으로 내보낼 수 없다는 걸 잘 알고 있기 때문이리라.

봉하노송이 봉하부인과 호걸이 마련한 거실의 술자리를 잠시 뜬 것은 또 심해진 이명 때문이다. 앞뜰로 나온 그는 봄숨 예닐곱 모금을 들이마시며 낯익은 꽃향기를 발산하는 오월의 봄꽃들을 무심히 바라보았다.

그가 서성이고 있는 사저 앞뜰의 밤바람 속엔 찔레꽃 향기도 실려 있다. 그 꽃의 향기가 그의 몸속 구석구석으로 퍼졌다. 심한 통증을 느꼈다. 마치 찔레꽃의 지독한 가시가 코끝을 찌르더니 목구멍도 찌르고, 갈기갈기 찢어진 가슴도 콕콕 찌르는 것 같았다.

'그래 모든 것이 내 탓이었다.'

봉하노송은 이런 자책을 하면서 어두운 밤하늘을 올려보았다. 초저녁에 눈여겨보았던 개밥바라기별은 눈에 띄지 않았다. 밤이 깊어가자 그 별은 자취도 없이 사라진 터다.

'나로 인해 벌어진 일인데, 누구를 탓하고 누구를 원망하리!'

봉하노송은 딸 호연의 미국 아파트 문제가 툭 비어져나와 북문이 뚫리고 골병이 들게 된 내력을 더듬어 보기 시작하였다.

지난 2월, 봉하노송은 박 회장의 돈 100만 달러의 존재를 알게 됐다. 유정상이 봉하부인에게 "박 회장이 돈을 건넨 사실을 검찰에서 진술했다"는 사실을 전했다. 봉하노송의 추궁에 유정상이 이실직고한 것이다.

그 사실을 알고 난 직후, 봉하노송은 봉하부인과 유정상에게 고성을 내지르며 화를 냈다. 그러다 탈진돼 제대로 말도 못했다.

기운과 맥이 되살아난 뒤로 봉하노송은 도덕적 책임을 통절하게 느꼈다. 유정상 등 측근들에게 "차라리 내가 받았다고 인정해버리는 것이 낫지 않냐"고 여러 번 말했다. 자신과 봉하부인이 공동으로 책임을 질 일이지 다른 사람이 형사상 불이익을 받아서는 안 된다고 생각했다.

그런데 시간이 점차 흐르면서 봉하노송은 자신이 알고 있던 돈의 성격과 사실관계가 전혀 다르다는 걸 깨달았다. 지난 2월 탈진하던 날, 봉하노송이 유정상을 통해 전해 들었던 돈의 사용처는 그미가 자녀의 유학비와 생활비 때문에 진 빚을 갚는 데 있었다. 그러나 사실은 그게 아니었다. 박 회장한테서 빌린 100만 달러는 미국에 머물던 호연의 집을 사려고 빌린 돈이었다. 이런 사실을 알고 난 뒤 봉하노송이 받은 충격은 더 컸다. 그는 개인 홈페이지 '사람 사는 세상'에 메이히로 정권의 수사를 정치적 음모로 보고 자신을 일방적으로 비호하는 글들이 올라오자 "그건 아니다. 책임져야 할 일이다"고 생각했다.

호연은 2005년부터 남편 목 서방 등 가족과 함께 미국에서 거주했다. 2007년 가을, 호연은 재미동포를 상대로 미국 뉴저지주에 있는 아파트 한 채를 사들이는 계약을 맺었다. 계약금은 40만 달러였다. 한동안 호연은 잔금을 치르지 못했다. 지난해 연말 중도금 지급독촉을 받았다.

지난달 30일, 봉하노송은 대검찰청 포토라인에 섰다. 그날 봉하노송은 박차대 회장의 돈 600만 달러와 관련된 혐의로 조사를 받았다. 박 회장의 돈 600만 달러엔 한때 미국에 살았던 호연에게 아파트를 사주려고 봉하부인이 빌린 돈 100만 달러도 포함됐다. 검찰은 조카사위가 투자 명목으로 홍콩 계좌를 통해 받았다는 박 회장의 돈 500만 달러 등에 봉하노송이 연루됐다는 혐의를 뒤집어씌웠다.

이에 대해 봉하노송은 자신의 홈페이지에 6차례 글을 올려 항변했다. "잘못은 잘못"이라면서도 "사건의 본질이 엉뚱한 방향으로 굴러가고 있는 것 같다"고 불만을 토로했다. 자신의 책임은 도덕적인 범주에 속하며 법률의 잣대로 재단할 사안이 아니라고 주장했다.

지난달 말, 봉하노송이 대검찰청 포토라인에 섬으로써 봉하노송과 검찰 사이엔 주사위가 던져졌다. 검찰은 방대한 자료로 봉하노송의 혐의를 입증하기 위해 진력했다. 봉하노송은 자신을 압박하는 검찰의 칼끝을 피하기 위한 방어에 나섰다. '검찰조사가 혐의를 벗을 기회'라고 여기며 진실을 밝히기 위해 성실히 조사에 응했다.

봉하노송은 물론이고 남정청송 등 참모들도 법적인 책임 부분에서는 자신했다. 객관적인 증거가 전혀 없는 상태였고, 봉하노송과 박차대 회장의 진술이 엇갈리고, 박 회장의 진술을 뒷받침할 증거도 없기 때문이었다.

봉하노송의 검찰 출두 때, 박 회장이 대질심문에 참여하겠다는 확인서를 썼다는 소문이 돌았다. 하지만 참모들은 박 회장을 원망하지 않았다. 이것이야말로 박 회장이 검찰의 거미줄에 걸린 나비 같은 처지임을 보여주는 증거라고 여겼다.

검찰이 봉하노송을 소환해서 조사를 마친 지 3주가 지났다. 봉하노송은 자신이 대검찰청에 출두한 것으로 모든 조사가 마무리 되길 바랐다. 다만 검찰이 돈의 사용처를 밝히기 위해 봉하부인을 재조사할 수도 있을 것으로 예상했다.

사저 앞뜰에서 박차대 회장의 돈 100만 달러가 몰고 온 엄청난 파문을 복기해보던 봉하노송의 머릿속에서 딸 호연과 사위 목 서방의 얼굴이 스쳐 지나갔다.

비교적 유복하게 자란 호연에 비해 목 서방은 어렵게 성장했다. 그는 일찍 아버지를 여의고 편모슬하에서 성장했다. 학창시절에 그는 본인의 학비와 용돈을 벌었다. 서울대에서 국제경제학을 전공한 뒤 서울대 법학대학원에 다녔다. 재학 중 제43회 사법시험에 합격했다. 사법연수원을 마친 뒤 변호사로 활동했다.

목 서방과 호연이 결혼한 것은 봉하노송의 대통령 취임 직전인 2003년 2월이다. 신혼 초, 목 서방의 변호사 생활은 순탄하지 않았다. 가장 큰 이유는 현직 대통령의 사위라는 유명세 탓이었다. 아이러니하게도 그 유명세는 그의 변호사 생활에 장애가 되었다. 대통령의 사위라는 유명세는 자유로운 삶에도 걸림돌이 되었다. 대통령 사위라는 신분은 꼬리표나 다름없었다.

2005년, 목 서방은 미국으로 유학을 떠났다. 아내 호연과 큰딸을 데리고 미국으로 건너간 그는 미국에서 로스쿨을 졸업했다. 그 뒤 미국의 대형 로펌에서 근무했다.

봉하노송과 목 서방의 관계는 분명한 장인과 사위의 관계다. 그러나 일반적인 장인과 사위의 관계가 아니었다. 장인인 봉하노송이 현직 대통령이었기 때문이다.

'사위가 고우면 요강 분지를 쓴다'는 속담이 있다. 사위는 처가에서 극진한 대접을 받게 됨을 비유적으로 이르는 말이다. 하지만 목 서방은 처가에서 그런 대접을 받지 못했다. 장인인 봉하노송과 장모인 봉하부인이 일부러 그런 대접을 한 것은 아니다. 결혼 직후부터 장인은 대통령이었고, 장모는 대통령 영부인이었던 탓이다. 특히 장인인 봉하노송이 대통령의 친인척 관리를 철저하게 할 수밖에 없는 터라 외동딸 호연은 물론이고 사위인 목 서방도 수형 생활이나 다름없는 삶을 살 수밖에 없었다. 그런 세월이 무려 7년째다.

'요즘 목 서방의 가슴이 얼마나 무겁고 아플까?'

사저 앞뜰 주방 근처에서 담배를 꺼내서 입에 물며 봉하노송은 이렇게 속말을 내뱉었다. 30분 전 봉하노송은 호연과 통화를 하면서 요즘 호연이 겪고 있을 고통이 얼마나 심한지 온몸으로 느꼈다. 봉하노송은 목 서방의 고통도 호연 못지않게 심할 것이라고 짐작했다.

목 서방은 한창 혈기가 왕성한 사내다. 한 집안을 이끌어가는 가장이다. 그렇기에 그는 결혼 이후, 처와 자식을 제대로 건사하지 못했다는 좌절감이 컸을 것이다.

물론 아내 호연이 100만 달러를 박차대 회장한테 직접 빌린 것은 아니다. 그렇지만 자신과 처자식이 머물 미국의 집을 구하는 과정에서 벌어진 일이다. 해서 가장인 목 서방의 심적 고통은 매우 클 수밖에 없을 것이다. 이 점을 봉하노송이 모를 리 만무하다.

'목 서방 정말 미안하네. 같은 남자로서, 같은 가장으로서, 같은 법조인으로서, 요즘 자네가 겪고 있을 고통을 내가 왜 모르 겠나! 사위도 자식이고, 장인도 부모인데, 자네와 내가 천륜을 맺었는데도 불구하고 오늘 입때까지 마주 앉아 정겹게 술 한 잔 나누지 못했네. 내 생전에 자네한테 전화 통화를 한 것은 엊그 제가 딱 한 번이었네. 어찌 이것이 장인과 사위의 관계란 말인 가. 자네와 나의 사이가 이렇게 된 것은 모두 내 탓이네. 내가 전 직 대통령이 아니고 평범한 사람이었다면 우리 두 사람의 관계 가 이렇게까지 무정할 수는 없었을 것이네. 자네 장모가 박 회 장의 돈 100만 달러를 받아서 자네 식구들이 살 집을 사주려다 참으로 엄청난 일들이 벌어졌네만 결코 미안해 하거나 결코 좌 절도 하지 마시게. 이 일은 자네로 인해 벌어진 일이 아니라 모 두 나로 인해서 벌어진 일이네. 염치없이 내가 오늘 부탁하는 것은 부디 내 딸 호연이와 백년해로 하고, 우리 외손녀들 건강 하고 바르게 클 수 있도록 해주게. 목 서방! 난 자네를 믿네. 자 네는 훌륭한 가장, 훌륭한 변호사가 될 것이라고 난 믿네. 그리 고 사돈 어르신 잘 모시기 바라네.'

봉하노송은 이렇게 사위에게 이별을 고했다. 그런 다음, 앞뜰 바닥의 재떨이에 담배꽁초를 버린 뒤 거실 안으로 들어갔다.

"아니 아버지, 어딜 가셨다 이제 오시는 거죠?"

터벅터벅 거실로 들어서는 봉하노송을 향해 호걸이 물었다. 아직도 거실 소파 앞에 마련된 술자리는 끝나지 않았고, 호걸과 봉하부인은 취한 상태다.

"어, 생각할 게 좀 있어서 앞뜰에 있다 들어왔다."

호걸의 질문에 이렇게 대답하며 봉하노송은 뒤뜰 쪽 소파에 앉았다.

"어머니! 제발 걱정마세요. 메이히로는 더 이상 저희를 공격할 수 없다닌까요!"

"방울이 애비야, 니는 무슨 근거로 그리 말을 하노?"

그미가 호걸에게 물었다.

"아버지가 대검찰청에 다녀오신지 훌쩍 3주가 지났잖아요."

"그건 그라제"

"근데 검찰은 지금까지 아무 조치를 못하고 있잖아요."

"와 조치가 없노? 이 사람 저 사람 소환도 하고, 몇몇 사람은 구치소에 집어넣기도 하잖노?"

"그렇긴 해두요. 우리 가족이나 사저 참모들의 신변엔 아무 이상이 없잖아요. 그러니 걱정마세요. 검찰이 어머닐 다시 또 소환하진 못할꺼니!"

호걸의 목소리엔 확신이 가득한데 그미의 표정은 어둡다.

"혹시 지난 12일 호연이가 검찰에 불려 가서 조사를 우째 받았는지 들어봤나?"

그미가 호걸에게 이렇게 묻자 봉하노송이 눈을 크게 떴다.

"들었습니다. 검찰이 첫 번째로 확인한 것은 호연이가 미국 아파트를 계약하면서 집주인에게 건넨 계약금 45만 달러 가운데 40만 달러가 박 회장이 홍콩에서 자금세탁을 거쳐 미국 은행의 계좌로 보낸 돈이 맞는지였고요. 계약금만 지불한 상태서 더 이상 아파트 구입에 진척이 없었는지를 호연이한테 추궁했다고 들었습니다. 그러면서 검찰은 그 계약금을 호연이가 미국 집주인한테 돌려받았는지도 따졌는데요. 이 대목에서 호연이는 계약금은 돌려받지 못했지만 계약은 파기되지 않았고 그냥 정지된 상태라고 답변한 걸로 알고 있습니다……."

호연이 검찰에 소환돼 조사를 받고 온 다음 날인 지난 13일, 검찰은 박차대 게이트에서 새로운 돈을 찾아냈다고 주장했다. 호연이 아파트 계약금을 치르느라고 받은 박차대 회장의 돈 40만 달러와 봉하부인이 받은 박 회장의 돈 100만 달러는 각각 다른 돈이라고 밝혔다.

이런 검찰의 주장에 남정청송이 반박하고 나섰다. "검찰의 주장은 사실이 아니다. 박차대 회장이 홍콩에서 미국의 호연 씨한 테 보낸 돈 40만 달러는 박 회장이 봉하부인에게 건넨 100만 달러의 일부다"라고 밝혔다.

"어머니 제가 죄송합니다."

호걸이 빈 잔에 맥주를 따라 한 모금 마신 뒤 말했다.

"뭐가 죄송하다카노?"

"사실 어머니가 미국에 집을 사려고 했던 이유는 따로 있었잖아요⋯⋯."

그미가 반쯤 남은 술잔을 비운 뒤, 호걸을 바라보았다.

"어머니는 제가 한국서 사는 것보단 미국서 사는 것이 낫다고 판단하셨는데, 저는 지금도 그 판단이 옳다고 생각합니다."

그미는 대꾸하지 않고 고개를 푹 숙였다.

"저도 어머니처럼 현직 대통령의 아들이든, 전직 대통령의 아들이든, 한국서 사는 것이 얼마나 고통스러운 일인지 잘 알고 있습니다. 나이는 어리지만 저 역시 어머니처럼 역대 대통령의 아들들이 걸었던 그 불행한 길을 똑똑히 봤거든요."

그미는 짧게 한숨을 토해냈다.

"어머니는 물론 아버지도 잘 알고 계시겠지만 뉴저지주는 제가 다니던 LG전자 미국 본사가 있던 곳이죠? 당초 어머니가 뉴저지주에 아파트를 사려고 했던 것은 호연이가 아니라 저 때문이라고 알고 있는데요. 아마 어머니는 이런 생각을 하셨을 겁니다. 아파트 계약금 45만 달러만 어머니가 먼저 해결을 해주시면 나머지 잔금은 제가 감당할 수 있을 것이라고 말입니다. 제가 MBA 과정을 밟기 위해 한동안 휴직을 했던 직장에 복직하면 아파트 잔금을 치르는 일은 크게 어려운 일은 아니었을 겁니다. 근데 안타깝게도 일이 꼬이고 말았습니다. 유학이 끝난 뒤 복직을 했는데, 발령이 났지요. 뉴저지주서 샌디에이고로 발령이 나는 통에 일이 복잡하게 꼬인건데, 제가 뉴저지주에 아파트를 구할 필요가 없어진 겁니다. 어머니, 돌이켜보니 모든 게 저 때문에 벌어진 일입니다. 정말 죄송합니다."

호걸의 눈에 맺힌 그렁그렁한 눈물을 훔쳐보던 그미의 눈가에도 살짝 눈물이 고였다.

"방울이 애비야, 니는 대한민국의 권력이 어데 있다고 생각하노?"

그미가 분위기를 바꾸려고 던지는 질문 같았다.

"글쎄요. 권력은 청와대 대통령에게 있는 것 아닐까요?"

"내는 그리 생각지 않는다."

"그럼 어머니는 권력이 어디 있다고 생각하시는데요?

그미는 우측의 1인용 소파에 앉아 있는 봉하노송의 표정을 힐끔 훔쳐본 뒤, 대답을 내놓았다.

"내 보기에 권력은 돈하고, 언론하고, 검찰에 있는 것 같드라."

"아니 어머니, 그게 무슨 말씀이세요? 권력이 돈하고, 언론하고, 검찰에 있다니요?"

"정치인들은 먹고살 것도 없으면서 허구헌 날 큰소리만 뻥뻥 치잖노? 돈도 없고, 힘도 없으면서 말이다. 근데 가만 보면 정치인들은 걸핏하면 검찰에 불려가고, 감옥에 들어간다. 긴 세월 동안 느그 아버지 뒷바라지를 해오면서 뼈저리게 느낀 거다만 참 한심하고 불쌍한 사람들이 바로 정치인이 아닌가 싶다."

그미는 지난달 중순경, 봉하노송에게 이런 말을 한 적 있다. 지난달 11일은 호걸이 미국에서 귀국한 날이다. 그날 그미는 부산지방 검찰청에 비공개로 소환됐다. 참고인 신분으로 출두해서 오전 10시부터 오후 9시까지 조사를 받았다. 그렇게 비공개 조사를 받고 귀가한 뒤 그미는 봉하노송에게 이런 푸념을 늘어놓은 바 있다.

그 뒤 한 달가량 지났다. 그미가 다시 또 이런 말을 꺼내자 봉하노송은 참견을 하고 싶은 듯 입을 씰룩거렸다. 그러나 그의 입안에서는 아무 말도 나오지 않았다. 다만 그는 그미와 호걸의 얼굴을 번갈아 보면서 생글거렸다.

'호걸아, 네 어머니의 말에 난 동의할 수 없단다. 나는 정치권력은 기본적으로 공권력과 돈 그리고 정보에 의해서 만들어진다고 생각한다. 그런데 민주주의가 발달하고 정보화 사회가 되면서 평범한 시민도 정보를 공유할 수 있고, 대항매체도 만들수 있다. 이런 방법을 통해 시민도 권력을 만드는 데 참여할 수 있다. 결국 민주주의는 시민들의 행동 속에 있다고 생각한다. 궁극적으로 시민의 행동 속에 권력이 있기에 그 누구든 그 권력을 도저히 이길 수 없다. 내가 다른 정치인과 다른 점은 정치권력을 최고 정점으로 생각하지 않는다는 점이다. 정치권력은 하나의 권력일 뿐이고 하나의 과정일 뿐이다. 진정한 의미에서 권력은 시민들의 머릿속에 있다고 본다.'

이렇게 혼잣소리를 마친 봉하노송은 그미와 호걸의 취중 대화에 다시 귀를 기울였다. 한 마디의 객쩍은 소리라도 놓치고 싶지 않아서다. 오늘 밤은 생애 마지막 날 밤이기 때문이다.

'우리 아들도 제법 컸구나. 그래, 듬직해서 좋다.'

봉하노송이 속으로 이런 생각을 해보는 것은 술자리를 이끌어가는 호걸의 말솜씨가 흡족해서다. 호걸은 박차대 게이트가 현재 어떻게 흘러가고 있는지 그 누구보다도 잘 알고 있다. 어쩌면 아버지 봉하노송보다 더 큰 눈으로 보고, 더 열린 귀로 듣고 있을 것이다. 그런데도 앞으로 박차대 게이트가 어떻게 흘러갈지 갈피를 못 잡은 사람처럼 취중 객담도 늘어놓는다. 그 이유는 분명해보인다. 검찰에 재소환될지 모를 봉하부인의 불안

감을 조금이라도 누그러뜨리려는 의도이리라.

"아버지, 술잔이 비었네요!"

호걸이 탁자 위에 있는 봉하노송의 빈 술잔에 맥주를 따랐다. 호걸이 맥주가 가득 채워진 술잔을 건네자 봉하노송은 거절하지 않고 받아 들었다.

"아버지! 몇 가지 궁금한 게 있는데요. 여쭤봐도 될까요?"

봉하노송이 한 모금 마신 뒤, 술잔을 탁자 위에 올려놓기 무섭게 호걸이 던진 질문이다.

"그래 말해보거레이!"

"제가 초등학교 다닐 땐데요. 아버지가 손바닥으로 제 엉덩이를 심하게 때리신 적 있지요?"

"글쎄다!"

봉하노송은 기억이 나지 않는 모양이다.

"아버지! 대선을 앞두고 봉하노송 상식, 혹은 희망이라는 책을 펴내셨는데, 기억나세요?"

'봉하노송 상식, 혹은 희망'이라는 책은 2002년 3월 5일 초판이 발간됐다. 봉하노송이 제16대 대통령 선거에 출마하면서 펴낸 이 책에 글을 실은 사람은 여러 명이다. 호걸도 그중 한 명이다.

호걸이 쓴 글의 제목은 '지극히 평범한, 그러나 평범하지 않은'이다. 아들 호걸이 쓴 아버지 봉하노송에 대한 짧은 평전이다. 그 글에 호걸은 어린 시절 아버지한테 엉덩이를 맞았던 기억을 적어두었다.

"저는 아버지한테 큰 불만은 없습니다만 사실 아버지가 다른 집 아버지들처럼 자상하고, 배려심 많고, 잔정이 뚝뚝 넘치는 분은 아니라고 생각하는데, 이 점은 인정하시죠?"

봉하노송이 빙긋 웃었다.

"제가 유년기에 겪었던 일 가운데 아직도 잊지 못하는 가슴 아픈 추억이 하나 있는데요. 어느 해 여름날에 아버지한테 엉덩이를 심하게 맞은 일이거든요."

"그때가 몇 살이었제?"

"몇 살 때 일인지는 정확하게 기억이 나지 않는데요. 아마도 초등학교에 막 들어간 뒤였거든요."

"부산 남천동에 살 땐가?

"아마 그럴 겁니다."

"남천동에 살 때면 니가 아홉 살이나 열 살쯤 되었을끼다."

"제 생각도 그런데요. 그때 남천동 집은 마루가 좀 넓었죠?"

"넓었지. 그래 한여름엔 우리 가족들이 시원한 강바람과 바닷바람이 불어오는 마루에서 잠을 자곤 했잖노?"

"네, 바로 그 때문에 벌어진 일인데요. 그날도 무지무지 더웠

거든요. 그날 밤 집에 아버지 손님들이 여러분 찾아오셨는데, 그 손님들이 앉아 있는 자리에서 제가 잠을 자야 된다고 마구 떼를 썼거든요."

봉하노송은 그때의 일이 떠오르는 듯 싱긋이 웃었다.

"밤이 깊어 손님들은 돌아가셨고요. 아버지는 제 엉덩이를 손바닥으로 불이 나게 때리셨는데요. 그때 마침 집안에 계셨던 외할머니가 말리신 덕분에 제가 덜 맞았거든요."

"수십 년 전의 일이지만 내도 그때의 일이 어렴풋하게 기억이 난다만 그래 그 얘길 오늘 다시 꺼내는 이유가 뭐노?"

"갑자기 생각이 나서 그런 건데요. 그날 밤 저는 떼를 쓰다 엉덩이까지 맞으면서 차지한 그 마루에서 외할머니랑 잠을 자게 되는데, 잠들기 전 외할머니 품에 안겨서 한참을 울었거든요. 근데 안방에서 이상한 소리가 들리더라구요. 아버지는 어머니랑 안방으로 들어가서 주무셨는데, 글쎄 안방에서 아버지가 흐느끼는 것 같은 소리가 분명히 들렸거든요. 아버지, 혹시 그때 저 때문에 속이 상해서 훌쩍훌쩍 우신건가요?"

"글쎄다. 그 대목은 기억이 잘 나지 않는다."

봉하노송이 이렇게 대답하자 호걸은 눈길을 돌려 봉하부인을 바라보았다.

"어머니도 기억이 안 나세요?"

"글쎄, 내도 기억이 없다."

봉하부인 역시 기억이 없다고 하자 호걸은 속이 타는지 맥주 한 잔을 단숨에 비웠다.

"그때 아버지가 안방에서 훌쩍훌쩍 우시는 것 같아서 저는 가슴이 너무너무 아팠는데요. 집에 찾아오신 손님들 앞에서 제가 말썽을 부린 것이 속상해서 우셨는지, 아니면 어린 저를 때리신 게 마음이 걸려서 우셨는지, 분간할 수는 없었습니다만 안방에서 아버지가 서럽게 우시는 것 같아 왠지 제 마음이 아프고 쓰려서 한참 동안 엉엉 울다가 외할머니 품에 안겨서 잠이 들었거든요."

그때의 기억이 생생하게 떠올라서 그러는지 호걸은 눈물을 질금질금 흘렸다. 그런 호걸을 바라보고 있는 봉하노송도 눈물을 머금었다.

봉하노송과 호걸이 부자지간이라는 천륜을 맺은 지 올해가 37년째다. 그 기나긴 세월 동안 봉하노송이 호걸 앞에서 매를 든 횟수는 몇 차례 안 된다. 모두 호걸의 유년기에 벌어진 일이다. 번번이 사랑의 매였다.

'호걸아! 아직은 내가 너에게 속으로라도 작별 인사를 할 때가 아니다. 지금 내가 너에게 작별 인사를 하게 된다면 난 당장 피 울음을 쏟을 수밖에 없다. 그래서 아직 너에게 작별 인사를

하지 않는 것이다. 미안하다, 우리 아들 호걸아!'

봉하노송은 와 쏟아질 것 같은 속울음을 참기 위해 안간힘을 쓰면서 술잔을 들었다. 맥주가 반쯤 남아 있는 잔을 비웠다.

"저기 아버지, 물어볼 게 또 있는데요. 이번엔 최근 일이니 아버지 생각을 말씀해주실 수 있을 겁니다."

호걸이 맥주병을 들고 "한 잔 더 하시라"고 권하며 물었다. 봉하노송이 잔을 내밀었다. 속울음을 꾹꾹 참고 있는 터라 봉하노송의 입에서는 아무 말도 나오지 않았다.

"제가 보기에 아버지는 진보의 미래라는 책 저술 작업을 정말 열정적으로 추진하셨거든요. 근데 왜 최근에 작업을 갑자기 중단하셨는지 이유가 궁금하네요?"

봉하노송은 정신이 번쩍 들었다. 봉하노송은 내일 이른 아침 부엉이바위에 오르려고 은밀한 계획을 세워둔 상태다. 혹시 호걸이 낌새를 알아차린 것이 아닌가 해서 봉하노송은 정신이 난 것이다.

"아버지는 며칠 전까지만 해도 틈틈이 책도 읽으시고 메모지에 메모도 하셨거든요. 그래서 저는 아버지가 저술 작업을 포기하지 않고 계속 추진하시는 걸로 판단했습니다. 근데 엊그제부터는 아예 책도 읽지 않고 메모도 하지 않으셨거든요. 왜 그러셨는지 궁금해서 그러는데. 대답을 좀 해주시면 안 될까요?"

호걸은 이유가 뭔지를 캐내기 위해서 집요하게 물고 늘어질 태세다. 평소의 주량을 넘는 술을 마셔 정신이 알큰하련만 그의 눈빛은 차갑게 빛났다. 마치 이런 질문을 하려고 오늘 밤 술자리를 마련한 것이 아닌가 싶었다.

지난달 30일, 대검찰청에 다녀온 뒤로 봉하노송은 집 밖으로 외출을 한 적이 한 번도 없다. 감옥이나 다름없는 사저에 갇혀서 그가 할 수 있는 일이라곤 책을 읽고 글을 쓰는 것 말고는 없었다.

봉하노송이 지난해 10월에 시작한 저술 작업이 있다. '진보의 미래'라는 책이다. 부제는 '다음 세대를 위한 민주주의 교과서'다. 주제는 '민주주의 연구'다. 지난해 10월부터 이 책의 저술 작업에 매진했다.

저술 작업을 시작하면서 봉하노송은 비공개 카페를 열어 온라인 집단 협업을 시도했다. 이 작업엔 참여정부 시절에 청와대와 내각, 그리고 국정과제위원회에서 일했던 학자 등 30여 명이 참여했다.

지난해 연말, 봉하노송의 둘째 형 편백 씨가 구속됐다. 그 일을 계기로 봉하노송은 사저 밖 만남의 광장에서 방문객들을 만나는 일도 중지했다. 사저 안까지 찾아오는 일반인과의 접견도 거의 끊었다. 그런 상황에서도 그는 '진보의 미래' 저술 작업에 참여하는 학자들을 사저로 불러서 모임을 열었다. 모임의 횟수는 그리 많지 않았다.

사저로 찾아온 학자들과 모임을 할 때면 봉하노송은 신명이 났다. 잔뜩 구겨져 있던 얼굴은 환하게 펴졌다. 모임을 앞두게 되면 며칠 전부터 밤잠을 설쳤다. 가슴이 부풀어 오를 정도까지 북받쳐 일어난 흥분 탓이었다.

모임을 앞둔 봉하노송은 열심히 공부했다. 깊은 사색도 했다. 책을 읽고 메모를 하면서 꼭두새벽까지 모임을 준비했다. 모임에 참석해서 열띤 토론을 마친 뒤 학자들이 사저를 떠날 때면 "월급은 못 주어도 차비는 드릴 테니 자주 오세요!"라고 말했다. 하지만 봉하노송이 학자들에게 차비를 준 적은 딱 한 번밖에 없다.

메이히로 정권이 밀어붙인 박차대 게이트 정국의 최종 과녁은 봉하노송이다. 봉하노송의 면전으로 검찰의 화살촉이 날아들자 저술 작업도 지지부진해졌다. 학자들의 발걸음도 뚝 끊겼다.

"저술 작업에 참여하는 학자들과 이 사저에서 가끔 가졌던 모임은 지난달 중단됐다. 학자들의 발걸음이 뚝 끊긴 이유는 내가 자세하게 설명을 하지 않더라도 잘 알고 있을 것 아이가?"

봉하노송이 이렇게 묻자 호걸은 고개를 끄덕였다. 봉하노송은 거들뜬 호걸의 눈을 응시하며 계속 말을 이어갔다.

"호걸아!"

"네, 아버지!"

"진보의 미래 저술 작업을 시작하게 된 계기는 간단하다. 이 나이까지 살아온 긴 세월을 돌이켜보니 말짱 도루묵인 것 같아 시작했다."

"아니 아버지, 뭐가 말짱 도루묵이라는 건가요?"

"내가 정치를 시작한 이유를 니도 잘 알 것이다. 그래 가난하고 억눌린 노동자들을 돕겠다고 소박하게 뛰어들었던 것이 내 정치 인생의 시작이었다. 근데 20년 정치 인생을 돌아보니 마치 물을 가르고 달려 온 것 같더라. 세상을 조금이라도 바꾸었다고 믿었는데 돌아보니 원래 그 자리였다."

"그럼 왜 도전하신 거죠?"

"세상을 조금이라도 바꾼 지도자가 되려고 도전했다. 근데 그것은 내 분수에 넘치는 욕심이었다. 내 역량을 넘어서는 일이었음을 뒤늦게 깨달았다. 그라고 대통령은 진보를 이루는 데 적절한 자리가 아니었다."

"아버지!"

"말 해보거레이!"

"어린이날 다음 날인 지난 6일이 제 생일이었잖아요."

"미안타."

"뭐가 미안하시다는 거죠?"

"니 서른여섯 번째 생일인 줄 알면서도 그날 생일을 챙겨주지 못해서 정말 미안타."

"집안 사정도 어려운데 제 생일이 무슨 대수라고요!"

호걸의 말을 귀담아들으며 봉하노송은 술잔에 입술을 댔다.

"제 생일날요. 서재에서 아버지가 적어 놓으신 메모지를 슬쩍 훔쳐봤는데요. 저술 작업을 중단하겠다고 통보하시려고 글 초안을 적어 둔 메모지를 살펴보면서 사실 저는 한참 동안 울었거든요."

열엿새 전인 지난 6일, 봉하노송은 '이제 제가 더 끌고 가기는 어려울 것 같지요?'라는 제목으로 '진보의 미래' 저술 작업에 참여했던 학자들에게 안내문을 띄웠다.

"막상 시작을 해놓고 보니 제겐 벅찬 일임을 알게 되었습니다. 그래도 이름값으로 어떻게 좀 더 많은 사람들에게 이야기를 전하고 싶어서 억지를 부렸는데, 이젠 한계에 온 것 같네요. 자책골을 넣은 선수는 쉬는 것이 도리일 것이고, 또 열심히 뛴다고 도움이 되지 않을 것입니다. 일이 이렇게 되었으니 이젠 제가 이 일을 책임감을 가지고 끌고 갈 수는 없을 것이고요. 글이나 자료를 보다가 생각이 나면 자료를 올려보겠습니다. 이 연구를 위해서가 아니라 스스로 무언가를 하지 않고는 버티기가 어려워서 하는 일로 생각해주시기 바랍니다."

지난해 10월 어느 날, 봉하노송은 몇 명의 참모들을 사저로 불렀다.

"오늘 내가 여러분을 모신 것은 다름 아닙니다. 좋은 책을 한번 내 보고 싶습니다. 내가 써보고 싶은 책은 사람들의 생각을 바꿀 수 있는 책입니다. 우리 사회 공론의 수준을 높일 책입니다. 그리고 민주주의 발전사에 길이 남을 책을 한 번 만들어 보고 싶습니다."

'진보의 미래' 저술 작업은 이렇게 시작되었다. 작업을 시작하며 봉하노송은 남다른 각오를 다졌다. 그는 물러난 권력자가 아니라 한 사람의 시민으로서 무엇인가 뜻 있는 일을 해보고 싶었다.

봉하노송은 이 저술 작업에 많은 공을 들였다. 비공개 연구카페를 활용하여 인터넷상으로 집단 협업하는 컴퓨터 시스템도 몸소 개발했다. 시스템 구축 후엔 그 역시 연구자의 한 사람으로서 책을 읽고, 사색을 하고, 연구를 하며 인터넷 카페에 글을 올렸다.

봉하노송은 저술 작업에 혼신의 노력을 기울였다. 때론 밤잠을 설쳤고, 때론 사저에 찾아오는 손님들까지 물리치면서 연구에 매달렸다.

작은 형 편백 씨가 구속되고, 박차대 회장이 구속되었던 지난해 겨울, 봉하노송의 '진보의 미래' 저술 작업은 기로에 섰다. 그렇지만 이때부터 그는 저술 작업에 더욱 매진했다. 힘들고 어려운 시기에 독서와 사색과 글쓰기에 매달렸다. 그러나 이젠 더 이상 책을 읽고 글을 쓰는 것조차 힘들어진 상황에 이르렀다.

'국민의 행복한 삶을 위해 국가는 무엇을 해야 하며, 국민의 삶과 직결되는 국가의 적극적 역할을 위해 진보주의는 어떻게 해야 하는가? 국민들이 먹고살기에 어떤 나라가 좋은 나라일까? 특히 힘없는 보통 사람이 살기 좋은 나라는 어떤 나라일까?'

'진보의 미래' 저술 작업과 관련해서 봉하노송이 며칠 전까지 깊이 몰입했던 연구 주제다.

"아버지!"

연거푸 술잔을 비운 뒤, 아버지를 부르는 호걸의 목소리는 떨렸다.

"말을 해보거레이!"

"사실은 제가요, 틈틈이 서재에 들어가서 아버지가 읽으시는 책도 몰래 살펴보고요. 여러 가지 색상의 포스트잇에 적어서 책 갈피마다 끼워 두신 각종 메모를 몰래 살펴보았는데요. 아버지! 왜 엊그제부터는 책도 읽지 않으시고, 메모 작업도 멈추셨냐고요? 흐으윽!"

호걸이 북받치는 슬픔에 흐느끼자 봉하노송은 눈을 감고 입술을 바르르 떨었다. 쏟아지는 속울음을 삼켰다.

'미안하다, 호걸아! 그 어떤 일이 있어도 내 생전에 기어코 마무리를 하고 싶었던 저술 작업을 왜 포기할 수밖에 없었는지 이유를 대답해주지 못해서 정말 미안하다.'

눈을 감고 고개를 숙인 봉하노송은 이렇게 속으로 호걸에게 미안함을 전했다. 잠시 뒤 그는 고개를 들고 눈을 떴다. 그가 고개를 들고 눈을 뜨기 무섭게 호걸이 다시 또 술 냄새 풀풀 나는 입을 열었다. 호걸의 목소리는 다시 또 떨렸다.

"아버지!"

봉하노송은 대답 없이 호걸을 바라보며 눈을 끔벅거렸다. 질문이 있으면 더 해보라는 눈짓이다.

"저술 작업을 끝내 중단하셨던 그저께, 아버지는 목 서방과 전화 통화를 하셨죠?"

이 질문에 봉하노송은 놀란 토끼 벼랑 바위 쳐다보는 듯한 표정을 지었다.

봉하노송은 그저께 사위와 전화 통화를 했다. 그 사실을 알고 있는 사람은 사저 비서관인 김경남뿐이다. 그날 김경남은 봉하노송의 핸드폰으로 목 서방에게 전화를 걸었다. 봉하노송의 지시로 전화를 연결한 김경남은 핸드폰을 봉하노송에게 넘기고 잠시 자리를 비켜주었다. 때문에 김경남은 봉하노송과 목 서방의 통화 내용을 알지 못한다. 그렇기는 하지만 호걸은 봉하노송이 목 서방과 전화 통화를 한 사실을 알고 있다. 그러니 봉하노송이 깜짝 놀랄 수밖에 없는 일이다.

"아버지, 세상에 비밀은 없다는 걸 잘 아시죠?"

봉하노송은 왈가왈부하지 않았다.

"아버지가 목 서방과 전화 통화를 한 사실을 제가 어떻게 알게 되었는지는 묻지 마시고요. 왜 저술 작업을 중단하시던 그날, 뜬금없이 목 서방과 전화 통화를 하셨는지 그게 궁금해서 여쭤보는 겁니다."

봉하노송은 여전히 말이 없다.

"그리고 또 궁금한 것이 있는데요. 그날, 저술 작업을 중단신 데 이어, 사저 비서진에게 더 이상 출근하지 말라고 통보도 하셨는데요. 그날 그렇게 중차대한 일 두 가지를 결단하신 특별한 이유가 있나요?"

호걸이 이렇게 물었지만 봉하노송은 아무 말이 없다. 그는 다시 또 눈을 감고 고개를 숙였다.

'호걸아, 미안하다! 네가 내 일거수일투족을 꼼꼼하게 살피고 있다는 걸 잘 알고 있다. 하지만 난 오늘 밤 너의 몇 가지 질문에 그 어떤 대답도 해줄 수가 없다. 네가 눈치를 챘든 채지 못했든 이 기나긴 고통의 밤이 지나고 나면 난 사저 대문을 나서서 부엉이바위에 올라야 된다. 난 얼마 전에 내일, 그러니까 5월 23일을 거사일로 택일해두었다. 물론 그 거사의 결행을 최종적으로 결심한 것은 며칠 전이다. 그동안 너와 네 어머니까지 속이면서 끔찍한 일을 꾸몄고, 그 일을 결행하려고 이 순간에도 남몰래 마음의 준비를 단단히 다지고 있다. 부탁이다, 나를 용서해다오.'

◎.◎

봉하노송이 거사를 고심하기 시작한 건 오래전의 일이다. 자신이 죽어야 이 모든 일이 해결된다고 판단한 지 오래다. 그래서 이미 오래전에 주말이자 음력 사월 그믐날인 내일을 거사일로 택일해두었다. 그렇지만 거사를 감행해야 될지, 아니면 포기

202

해야 될지는 이틀 전까지만 해도 하루에 수백 번씩 고심했다.

물론 오늘 이 순간에도 봉하노송은 메이히로 정권이 쏜 독화살을 피할 수 있다고 자신한다. 박차대 회장의 100만 달러를 봉하부인이 받았다고는 하지만 자신은 법적인 책임이 전혀 없기 때문이다. 그러나 메이히로 정권과 벌이고 있는 이 장기적인 혈전에서 자신이 법적으로 이기고 지는 문제가 관건이 아닌 시점에 이르고 말았다.

지난 2월, 봉하노송은 박차대 회장의 돈 100만 달러의 실체를 알게 되었다. 그렇지만 이 돈 문제와 관련해서 메이히로 정권이 그 어떤 공격을 하더라도 자신은 송장이 되지 않을 것이라고 확신했다.

하지만 시간이 흐르면서 서서히 확신이 무너졌다. 단지 도덕적인 책임만 짊어지고 있다지만 자신이 버티면 버틸수록 가족은 물론 측근들이 감당해야 될 고통이 더욱 심해지는 상황이 되고 말았다.

봉하노송의 심신은 많이 망가졌다. 엎친 데 덮친 격으로 얼토당토않은 논두렁 시계 사건까지 터지고 말았다. 그런 와중에 딸 호연이 다시 또 검찰에 소환됐다는 소식도 들렸다. 역시 심신이 많이 망가져 있는 봉하부인의 재소환이 임박했다는 소문도 떠돌았다.

봉하노송을 벼랑 끝으로 내몰고, 그의 강인한 의지를 꺾은 악재는 이뿐만이 아니었다. 요즘 봉하마을 주민들이 겪고 있는 고통도 그 가운데 하나였다.

지난 15일 오후 1시 30분께, 봉하마을에서는 한바탕 난리가 났다. 봉하노송의 구속을 촉구하는 기자회견을 열겠다고 보수단체 회원 10여 명이 봉하마을로 몰려왔다. 이를 저지하려고 봉하마을 주민들이 나섰다. 보수단체 회원과 봉하마을 주민 사이에 집단 충돌이 벌어졌다. 거친 몸싸움 등으로 30여 분간 봉하마을 입구가 난장판으로 변했다.

보수단체 회원들의 기자회견을 막아보겠다고 봉하마을의 아낙네들은 팔을 바싹 끼고 스크럼까지 짰다. 흥분한 일부 주민은 차량 트렁크에서 농기구를 꺼내 보이며 보수단체 회원들을 위협했다. 한 주민은 트랙터를 몰고 나와 보수단체 회원들의 발길을 가로막았다. 어떤 주민은 고무호스를 끌고 와서 보수단체 회원들을 향해 물을 뿌리기도 했다.

경찰의 중재로 보수단체 회원들은 사저에서 300여 미터가량 떨어진 봉하마을 입구에서 기자회견을 가졌다. 그런데 기자회견 도중에 일부 주민이 플라스틱 재질의 공사를 안내하는 표지판을 던져 취재진이 다칠 수 있는 상황도 벌어졌다.

이에 앞서 봉하마을 주민들은 기자회견이 열리기 40여 분 전부터 마을회관의 스피커를 통해 대중가요를 크게 틀었다. 봉하노송을 비난하는 보수단체 회원들의 기자회견에 주민들은 그렇게 불편한 심기를 드러냈다.

주민들은 "본격적인 모심기를 앞두고 농사일에도 일손이 모자라는 판에 봉하노송 전 대통령을 비방하는 터무니없는 보수단체의 기자회견까지 막아야 하는 상황이 개탄스럽다"며 "불난집에 부채질하는 격"이라고 분통도 터뜨렸다.

봉하마을에 보수단체 회원들이 몰려와서 이런 식의 소란을 피우기 시작한 것은 지난해 초여름부터다. 지난해 7월, 여러 보수단체의 회원 10여 명이 봉하마을에 찾아왔다. 이들은 봉하마을에서 국가기록물 유출 사건과 관련된 항의 성명을 발표했다.

지난달엔 보수단체 회원 40여 명이 찾아왔다. 사저 앞에서 기자회견을 갖고 봉하노송의 구속수사 및 국회 청문회 실시를 촉구하는 구호를 외쳤다. 이들의 기자회견장에 마을 주민으로 추정되는 한 여성이 나타나 거칠게 항의하는 일도 벌어졌다. "부산에서 온 시민"이라고 자신의 신분을 밝힌 한 남성은 보수단체 회원들에게 달려들려다 경찰의 제지를 받기도 했다.

봉하노송의 대검찰청 소환이 임박한 지난달 27일 오전, 봉하마을 주민 40여 명은 마을광장 인근에 모였다. "메이히로 정부가 전직 대통령에 대한 예우를 결국 소환조사로 보여주는 것에 대해 항의한다"면서 "우리들의 억눌린 마음을 김해 시민과 국민들에게 호소하는 것"이라고 밝혔다. 주민들은 또 "전직 대통령 예우가 소환조사란 말인가?", "망신 주는 소환조사, 메이히로 정부 각성하라!", "언론들이여, 품위 있는 취재를 바란다!" 등의 구호를 외쳤다. 가곡 '고향의 봄'을 합창하기도 했다.

지난해 초여름 이후, 봉하마을을 찾아온 보수단체 회원들과 봉하마을 주민들 사이에 가장 큰 충돌이 벌어진 것은 이레 전인 지난 15일이다. 보수단체 회원 10여 명을 상대로 봉하마을 주민들이 벌인 충돌은 가히 충격적이었다. 일부 주민은 농기구를 들고 설쳤고, 한 주민은 트랙터를 몰고 나왔다.

그날 봉하마을 주민들은 보수단체 회원들의 기자회견을 방해하려고 마을회관의 스피커를 크게 틀었다. 스피커 소리는 사저까지 들렸다. 마을 고샅 구석구석까지 울려 퍼진 대중가요를 들으면서 봉하노송은 망연자실했다.

"검찰에 촉구한다! 사기꾼 봉하노송을 구속하라! 뇌물꾼 봉하노송을 구속하라!"

그날 기자회견장에서 보수단체 회원들이 확성기를 들고 외친 구호다. 봉하노송은 이 구호를 인터넷 검색을 통해 확인했다. 봉하노송의 가슴에 대못을 박는 외침이었다.

그날 이후, 사저는 예전보다 더한 정적 속에 파묻혔다. 비서실에 근무하는 비서진 몇 명만 출입할 뿐 사저를 찾아오는 사람은 거의 없다. 남정청송 역시 이 무렵부터 사저엔 찾아오지 않았다.

봉하노송의 심신은 더욱 쇠약해졌다. 이명이 심해졌고, 때론 환청도 들리기 시작했다.

"검찰에 촉구한다! 사기꾼 봉하노송을 구속하라! 뇌물꾼 봉하노송을 구속하라!"

지난 15일 이후, 이 구호가 봉하노송의 귀청을 울렸다. 이 구호가 환청으로 들릴 때마다 봉하노송의 가슴은 갈기갈기 찢어졌다.

보수단체 회원들이 봉하노송을 '사기꾼' 또는 '뇌물꾼'이라고 낙인 찍었던 그날, 봉하마을 주민들이 겪은 고통도 이만저만이 아니다. 봉하노송의 가슴 한쪽 구석을 무너지게 한 것은 모심기를 앞둔 마을 주민들이 일손을 놓고 나섰다는 점이다.

큰일이 아닐 수 없다. 봉하마을 주민들의 농사일에 큰 지장을 주고 있다. 이레 전에 벌어졌던 난리가 다시 또 발생한다면 감옥으로 끌려가는 주민도 나올 수 있다.

더 큰 문제는 앞으로도 이런 일이 계속 발생할 수 있다는 점이다. '사기꾼' 또는 '뇌물꾼'으로 몰려 있는 봉하노송이 법정 구속되지 않는다면 보수단체 회원들의 봉하마을 방문 횟수는 더 늘어날 수 있다. 보수단체 회원들의 머릿수가 더 늘어날 가능성도 배제할 수 없는 상황이다.

이런 사정까지 감안해서 봉하노송은 오래된 생각을 다시 꺼내 들었다. 더욱 쇠약해진 심신도 오래된 생각을 행동으로 옮기도록 재촉했다.

지난달 하순, 지인 K는 봉하노송에게 이런 말을 전했다.

"노송님, 죄송하지만 한 가지 소문이 떠돌아 알려 드릴까 합니다. 무림처사라는 모 신문사의 대표가 신문사에서 공개적으로 예언을 했다는데, 글쎄 노송님이 적어도 한 달 안에 자살을 할 수밖에 없을 것이라고 말했다지 뭡니까!"

지인 K가 어렵사리 이런 말을 전한 것은 다름 아니다. 봉하노송은 워낙 강한 사람이라서 걱정이 안 되는데, 상대적으로 약한 봉하부인을 예의주시하라고 신신당부하기 위함이었다.

지인 K의 군걱정을 전해 들은 뒤, 봉하노송은 인터넷 검색 등을 통해 자살에 대한 탐구를 시작했다. 봉하부인의 자살을 막을 수 있는 방도를 찾고자 했다. 물론 봉하부인이나 호걸조차 알아차리지 못하게 말이다.

봉하노송이 인터넷 검색을 통해 알아본 자살의 방법은 평소 알고 있던 상식과 크게 다르지 않았다. 총기를 이용한 방법, 목을 매는 방법, 동맥을 끊는 방법, 할복을 하는 방법, 음독을 하는 방법, 물속으로 뛰어드는 방법, 높은 곳에서 뛰어내리는 방법 등이었다.

사저엔 권총이나 공기총 같은 총기류가 없다. 그렇기에 총기를 이용한 자살은 일단 배제 시켰다.

사저엔 여러 자루의 칼이 있다. 봉하부인이 칼을 이용해서 동맥을 끊거나 할복자살을 시도할 가능성은 없지 않다.

농약 같은 약물을 이용한 음독자살을 시도할 가능성은 매우 높다. 다행히 사저엔 농약이 없다. 그렇지만 사저 밖으로 나가면 쉽게 구할 수 있다. 봉하마을은 농촌이라서 농약을 구하는 일이 어렵지 않다.

음독자살 못지않게 목을 맬 가능성도 크다. 사저 안에서 언제든지 시도할 수 있다.

물속으로 뛰어들거나 높은 곳에서 뛰어내리는 자살의 방법도 배제할 수는 없는 일이다. '지붕 낮은 집'으로 불리는 사저 안에서는 불가능한 일이다. 그렇지만 사저 밖으로 외출을 한다면 얼마든지 가능한 일이다.

그런데 높은 곳에서 뛰어내리는 투신 외에 다른 자살의 방법엔 고민이 따른다. 실패할 가능성도 있다. 독한 마음을 먹고 은밀하게 자살을 시도했는데 누군가에게 발견된다면 무위로 끝날 수 있다.

농약을 마시고 음독자살을 시도했다고 치자. 사경을 헤매고 있는데 누군가가 발견해 응급조치를 하거나 병원으로 싣고 가면 살아남을 수 있다. 물속으로 뛰어들거나 목을 맨다고 해도 같은 상황이 벌어질 수 있다.

게다가 사저엔 청와대가 파견한 경호원도 있고, 봉하노송의 각종 업무를 돕는 비서진도 있다. 그리고 수시로 사저를 들락거리는 참모진도 있다. 이렇게 지근거리에서 봉하부인을 지켜보는 눈이 적지 않다. 그렇기에 봉하부인이 사저 안에서 자살을 시도하기란 쉬운 일이 아니다.

만약 봉하부인이 사저 밖 높은 곳에서 뛰어 내리는 투신자살을 시도한다면 그 장소는 어디일까.

'혹시 저 부엉이바위가 아닐까?'

봉하노송은 혹시 삶을 등질지도 모를 봉하부인을 수시로 감시해 왔다. 그러던 어느 날, 부엉이바위를 바라보다가 그는 이런 생각을 하게 되었다. 물론 사저 밖으로 나가야 가능한 일이지만 부엉이바위는 투신자살을 하기에 딱 좋은 장소라는 생각이 들었다.

'과연 집사람이 저 부엉이바위에서 뛰어내릴 수 있을까?'

봉하노송은 고개를 저었다. 그미는 분명 겉보기보다는 강인한 여성이다. 그렇지만 높은 부엉이바위에 올라가서 자살을 시도할 만큼 강심장을 갖고 있지는 않으리라.

'만약 내가 저 부엉이바위에 오른다면…….'

만에 하나 봉하부인이 투신자살을 시도한다면 그 장소를 어디로 정할지 어림짐작하던 중, 봉하노송은 이런 가정을 세우게 됐다. 그런데 어림 반 푼어치도 없는 헛생각 같던 이 가정이 실제화 단계로 접어드는 데 많은 시간이 걸리지 않았다. 더욱이 부엉이바위에서 뛰어내린다면 자살 성공률은 100퍼센트일 것 같아 봉하노송은 일찌감치 자살의 장소로 부엉이바위를 점찍어 두었다.

투신자살의 경우, 아파트, 빌딩 등 높은 건물의 창문이나 옥상에서 많이들 시도한다. 그렇지만 절벽에서 뛰어내리는 투신자살은 흔치 않다.

그런데 건물이나 절벽에서 뛰어내리는 투신자살은 나름대로 갖고 있는 상징성이 있다. 더 이상 퇴로가 없는 상황에서 막다른 골목에 내몰려 뛰어내렸다는 걸 온몸으로 보여줄 수 있다. 자신은 결코 죽고 싶지 않은데 누군가가 자기를 절벽 위로 내몰았다는 것을 몸을 던져 항변할 수도 있다.

봉하노송은 혹시 생을 등질지도 모르는 봉하부인의 자살을 막기 위한 방도를 찾던 중 자신의 투신자살 장소로 부엉이바위를 마음속으로 정해두었다. 그러면서 봉하마을의 뒷산인 부엉이바위에서 투신을 할 경우, 어떤 상징성이 있는지도 따져보았다.

'내가 만약 부엉이바위에서 뛰어내린다면 그 시점은 언제가 좋을까?'

봉하노송이 이런 생각을 하게 된 것은 이달 초순이다. 자살의 방법과 장소는 미리 정해두었지만 자살의 시점을 정하는 데는 많은 시간과 고민이 필요했다.

지난 15일, 봉하마을에서는 보수단체 회원들과 마을 주민들이 충돌해 한바탕 난리가 났다. 이날 마을회관 스피커에서 한 시간이 넘게 흘러나오는 대중가요를 들으면서 봉하노송은 많은 고민을 했다.

'정말 많은 사람들에게 신세를 졌다. 나로 말미암아 많은 사람들이 고통을 받고 있다. 그들이 받고 있는 고통은 각자가 감당하기 힘들 정도다. 더 큰 문제는 앞으로 그들이 받을 고통이 어느 정도일지 가늠하기 어렵다는 점이다. 이 때문에 내게 남아 있는 여생도 그들에게 짐이 될 수밖에 없다.'

지난 15일 이후, 봉하노송의 몸과 마음은 더욱 나빠졌다. 마치 심신에 금이 간 듯 건강이 좋지 않다.

'이명은 심하고, 때론 환청도 들린다. 건강이 좋지 않으니 아무것도 할 수 없다. 아, 내 인생이 결국 이렇게 끝나는 것인가?'

봉하노송의 큰형은 1973년 5월 14일, 교통사고로 이승을 떠났다. 그해 초 결혼 한 봉하노송과 봉하부인 사이에서는 아들 호걸이 태어났다. 5월 6일이다. 그런데 여드레 뒤 큰형이 사망했던 것이다.

큰형은 막둥이인 봉하노송을 끔찍하게 아꼈다. 부산대 법대를 졸업했고, 고등고시를 준비했던 큰형은 자신이 못다한 법조인의 꿈을 동생인 봉하노송이 이루길 갈망했다.

제15회 사법시험을 두 달가량 남긴 상황에서 큰형이 타계하자 봉하노송은 절망에 빠졌다. 그런 처지에서 장남을 잃은 부모님의 비탄을 옆에서 지켜봤고, 아직 산고가 풀리지 않은 봉하부인과 신생아인 핏덩이 호걸을 보살폈다. 20대 후반의 봉하노송에겐 참으로 견디기 힘든 시기였다.

사법시험 합격은 큰형이 생전에 꾸었던 꿈이자 봉하노송 자신의 꿈이었다. 그 때문에 봉하노송은 두 달 앞으로 다가온 사법시험을 포기할 수가 없었다. 그는 책상 앞에 앉았다. 그런데 책을 읽기만 하면 가슴이 울렁거리고 목이 답답해졌다. 원인을 알 수 없는 병에 걸린 것이다.

이후에도 봉하노송은 그 병에 시달렸다. 책을 손에 잡기만 하면 가슴이 울렁거리고 답답해졌다. 이 때문에 봉하노송은 고시 공부를 포기할 마음도 먹었다. 그 후로도 이 원인 모를 병은 점점 도졌다. 제16회 사법시험을 볼 때까지 증세가 이어졌다.

'혹시 병이 다시 도진 것 아닌가?'

사흘 전인 지난 19일 밤, 서재에서 책을 읽고 있던 봉하노송은 가슴이 울렁거리고 목이 답답해지는 증상을 느꼈다. 그래서 손에서 책을 내려놓았다. 혹시 예전의 그 원인 모를 병이 다시 도진 게 아닌가 싶어 책을 펼쳐 보았다. 아니나 다를까 가슴이 울렁거리고 목이 답답했다.

'아 이젠 더 이상 책을 읽을 수 없고, 글을 쓸 수 없단 말인가?'

이틀 전인 20일 이른 아침, 봉하노송은 다시 책을 펼쳤다. 역시나 가슴이 울렁거리고 목이 답답해졌다.

'그 어떤 일이 있어도 완성하고 싶었던 진보의 미래 저술 작업을 이렇게 끝내야 되는 건가? 아, 어쩌다 내 인생이 이렇게……'

봉하노송은 탄식하며 책장을 덮었다. '진보의 미래' 저술 작업은 그렇게 종료됐다. 그날 봉하노송은 사저 비서진에게 더 이상 출근을 하지 말라고 통보했다.

서재에서 책을 읽다가 가슴이 울렁거리고 목이 답답해 손에서 책을 내려놓던 지난 19일 밤, 봉하노송은 깊은 고민에 빠졌다.

'이제 더 이상 퇴로도 없고, 버틸 힘도 없다면 끝내 23일 토요일 이른 아침에 부엉이바위에 올라야 된단 말인가?…….'

봉하노송은 이달 초순, 자살의 방법과 장소를 정해두었다. 그러면서 서재 탁자 위에 있는 캘린더를 살펴보면서 자살의 시점을 대충 잡아놓았다. 음력 4월 그믐날이자 토요일인 5월 23일을 택일한 다음, 시각은 먼동이 트기 직전으로 정해두었다. 시점을 최종적으로 결정한 것은 사흘 전인 지난 19일 늦은 밤이다.

"호걸이 아버지, 내 말 안 들리능교?"

술에 취한 봉하부인의 말에 봉하노송이 감고 있던 눈을 번쩍 떴다. 봉하부인과 호걸이 봉하노송의 얼굴을 뚫어지게 바라보고 있다.

"오늘 참 이해할 수 없는 행동을 많이 하셔서 이유가 뭐냐고 방금 물었는데 와 대답이 없습니까?"

약간 짜증이 섞인 봉하부인의 질문에 봉하노송은 대답 없이 멋쩍은 웃음을 보였다.

"내 오늘 이른 아침부터 당신을 쭉 지켜봤는데에 참 이상한 점이 한두 가지가 아입니더! 주방에서 밥을 먹을 때도 그라고, 이 술자리에서도 그라고 팽상시하고 다르게 말수가 매우 적습니더. 근데다 내나 호걸이가 무슨 말을 여쭈면 대답을 회피하기도 하고, 얼렁뚱땅 둘러대기도 합니다. 근데다 되도록 내하고 눈도 맞추지 않으려고 무지 애쓰는 것 같던데, 이른 아침부터 밤 11시가 다 되는 지금 이 시간까지 오늘 하루 당신이 보여준 모습은 분명 팽소하고 다릅니더. 혹시 내하고 호걸이한테도 말해주지 못할 머 특별한 일이 있는가에예? …… 가족들도 모르게 당신 혼자만 꿍꿍 앓고 있는 무슨 고민거리가 있는 겁니까?"

"내가 오늘 팽소와 다르게 행동을 했다면 아마도 몸 컨디션이 좋지 않아서다. 하지만 분명히 말해두는데 말 못할 특별한 일도 없고, 혼자서 꿍꿍 앓고 있는 고민거리도 없다."

이렇게 대답한 뒤, 봉하노송은 맥주가 조금 남아 있는 잔을 비웠다. 봉하부인이 봉하노송의 빈 잔에 맥주를 따르려고 술병을 들었다. 봉하노송이 빈 잔을 들이대자 봉하부인이 훌쩍거리며 맥주를 따랐다.

"호걸 아버지, 정말 미안합니더! 흐윽 흐윽 흐으윽!……."

"머가 미안타고 또 이러노? 제발 부탁인데 한밤중에 우는 게 아이다. 되도록 눈물 바람 하지 마라!"

그미에게 "눈물 바람 하지 마라"고 당부하는 봉하노송의 목소리는 심하게 떨렸다.

"흐윽 흐윽 흐으윽! 여보, 정말 미안합니더! 호걸이 아버지!

흐윽 흐윽 흐윽! …… 어엉 어엉 엉어어!……."

술에 많이 취해 있는 봉하부인의 울부짖음은 자제시키기 힘들었다. 그미를 지켜보고 있던 봉하노송과 호걸도 눈물을 훔친다. 갑자기 사저 거실이 마치 초상집 분위기로 변했다.

　故 노무현 대통령의 서거 10주기를 맞아 우선 1권을 선보이는 장편소설 『봉하노송의 절명』은 고인이 이승에서 보낸 마지막 하룻밤을 다루고 있습니다. 물론 그 시제(時制)의 중심은 현재인 2009년 5월 22일 오후 해가 질 무렵부터 다음날인 5월 23일 오전 동틀 무렵까지입니다. 하지만 시제는 현재와 과거로 자유롭게 이동합니다.

　머지않은 장래에 2권이 출간될 장편소설 『봉하노송의 절명』은 실록정치소설입니다.

　실록정치소설 『봉하노송의 절명』을 쓰기 위해 저는 역사적 사실에 가깝게 접근하려고 나름 노력했습니다. 이 소설의 역사적 씨실과 날실은 故 노무현 대통령과 관련된 서적에서 빌려 왔습니다. 무엇보다 故 노무현 대통령이 남긴 어록과 역사적 사건 등을 사실에 최대한 근접해 서술하기 위함이었습니다.

참고 문헌

『봉하노송의 절명』 1권에서 내용을 일부 참고하거나 인용하
거나 아이디어를 얻은 문헌의 목록은 다음과 같습니다.

노무현 저, 2010,『운명이다』, 돌베개.

노무현 저, 1994,『여보, 나 좀 도와줘』, 새터.

노무현 저, 2009,『진보의 미래』, 동녘.

노무현 외 저, 2002,『상식, 혹은 희망 노무현』, 행복한책읽기.

문재인 저, 2011,『운명』, 가교출판.

백무현 저, 2015,『만화 노무현 1-그의 마지막 하루』, 이상
    media. (72, 88-90, 98-103, 105, 126-133, 146, 158, 173-174,
    216-219, 226-229쪽)

오연호 저, 2009,『노무현, 마지막 인터뷰』, 오마이뉴스. (32-33,
    43-45쪽)